Méthode
FLE ILFBC-ESBC France Tome II

法語好好學 II

法國中央區布爾日天主教綜合教育學院（ESBC）

蔣若蘭 Isabelle MEURIOT-CHIANG、陳玉花 Emmanuelle CHEN

編著

Préface

Chers lecteurs,

L'ESBC est un établissement très renommé en France par sa réussite éducative et ses résultats aux examens. Depuis 1859, il transmet de génération en génération cette recherche de l'excellence dans les différents domaines de l'éducation et cherche constamment à innover dans sa pédagogique afin de répondre aux besoins des nouvelles générations.

Depuis 2007, l'ESBC propose à Bourges, en région Centre, berceau de la langue française, un accueil privilégié d'étudiants taïwanais qui viennent apprendre le Français.

Ce manuel scolaire est le résultat de nombreuses années d'échanges. Il va vous permettre de progresser en langue française en stimulant le plaisir d'apprendre.

Pour apprendre dans les meilleures conditions, il est important d'avoir de bons supports pédagogiques. Raison pour laquelle, je suis très heureux de l'édition de ce manuel attractif avec une mise en page claire. Il est en effet primordial pour l'élève comme pour le professeur de français de s'y retrouver facilement et d'avoir des repères facilement identifiables pour trouver les informations clés de chaque leçon.

Vous faites le choix d'apprendre la langue de Molière et je vous félicite.

Ce manuel va vous permettre d'apprendre tous les mots indispensables pour mener facilement une conversation mais surtout vous ouvrir tout un monde, un monde de culture humaniste et universaliste.

Bien à vous,

Arnaud PATURAL
Directeur Général ESBC

前言

致　親愛的讀者，

　　1859 年，ESBC 綜合學院建校，至今，我們始終堅持卓越的教育品質，且致力於打造與時俱進、最適合新生代的教育方式。學生傑出的表現和優異的成績，使我們備受肯定，校名遠揚。

　　2007 年開始，ESBC 就在中央區布爾日這個法語搖籃裡，接待來自台灣的法語學習者。多年的交流經驗讓我們對這份教材深具信心，能讓學生在法語進步的同時，享受學習的樂趣！

　　「工欲善其事，必先利其器。」好的教材讓您事半功倍。因此，我十分樂見這本內容豐富有趣、版面簡潔俐落的教材出版。《法語好好學》不管是學生還是法語老師都能快速上手，在清楚的標示裡找到每一課的核心重點，輕鬆學習所有與人對話的關鍵詞彙。

　　最後，想恭喜您選擇學習莫里哀的語言，我們將向您展示一個世界：一個人道、普世主義的文化世界！

　　祝　安好

ESBC 總校長
Arnaud PATURAL

如何使用本書

　　完成了《法語好好學 I》的學習，有了基礎法語能力的你，是否計畫有一天可以旅遊法國、說法語呢？那就繼續《法語好好學 II》的學習吧！

　　在本書，我們要更進一步的探索法語：在文法上不僅動詞與句型的類型增多、也有時態的變化，而在內容方面則有「天氣」、「問路」、「休閒娛樂」、「購物」、「飲食」、「作息」等生活題材，學習完這麼豐富的內容，我們就能用法語交談、用法語生活、用法語旅遊。

1. 單字：

　　本書每一課的開始為主題單字，在《法語好好學 I》學習了正確法語發音後，學習者此時可以先嘗試直接拼讀單字，再聆聽音檔中法籍老師的朗讀。書中盡可能地整理出該主題的常用字彙，提供給學習者參考。而在句型單元中，雖然沒有使用到每一個單字，但學習者仍可以在句型練習時，從單字表中選取不同的字彙來做練習。

2. 文法：

　　本書將「動詞變化」、「文法概念」視為組織一個句型前的重要工作。書中前六課的主要動詞會重複提到在《法語好好學 I》中學習過的「être」、「aller」、「avoir」動詞，使學習有所銜接。

　　接續《法語好好學 I》的「être」、「aller」、「avoir」不規則動詞、以及「第一類動詞變化規則」，在本書將學習「第二類動詞變化規則」及「第三類動詞變化規則」。其中「第三類動詞」的現在式變化規則，由於依照不同的字尾各有不同的變化規則，對初級學習者來說會是比較困難的部分，因此在句型或對話練習中沒有運用到的「第三類動詞變化規則」，可以參考〈附錄〉的「動詞變化表」多加練習背誦，一定可以舉一反三，運用自如。

　　此外，在第 9 課、第 10 課、第 12 課的文法中，將學習「複合過去式」，此時動詞變化多了「主詞」、「助動詞」與「過去分詞」的配合。同樣地，

由於主詞、助動詞與過去分詞的關係密不可分，其中以「肯定句」與「否定句」的動詞變化，都要背誦到不用思考並能正確使用的熟練度才行。

3. 句型：

　　將文法的概念，搭配上字彙，就能組成一個完整的句子。本書將句型分成兩個部分，第一部分是法文翻譯成中文的「Comment on dit en français ?」（用法語怎麼說？），這部分是希望從法語的例句來學習法語，並試著翻譯成相對應的中文；第二部分是中文翻譯成法文的「Essayez de traduire」（小試身手），學習者可以從中文例句中找出組成的元素，搭配書本中的句型結構，就能寫出完整的法文句子。舉例來說：「這個多少錢？」中的「這個」（ça）是主詞，「多少錢」（combien）是疑問詞，因此在組織法文的句子時，只要加上一個動詞「coûter」（值（多少錢）），並且隨主詞「ça」變化動詞，就可以寫成「Ça coûte combien ?」（這個價值多少錢？）或是「Combien ça coûte?」（多少錢這個價值？）

4. 測驗與練習：

　　本書為了強化文法概念與複合過去式動詞變化的應用，增加了測驗題或是練習題，讓學習者可以一邊做練習、一邊回想學習過的文法規則。

5. 影片劇本：

　　經過「單字」、「文法」、「句型」或「測驗與練習」之後，本書的「影片劇本」單元可以讓學習者練習活用法語。請先聽音檔中法籍老師的對話，並嘗試理解對話的內容，隨後再觀看影片，再次藉由情境理解對話，最後與同學一起練習對話，讓法語學習更有真實感。

6. 閱讀：

　　經過「單字」、「文法」、「句型」或「測驗與練習」之後，本書的「閱讀」單元可以讓學習者練習理解短文，閱讀後還有問答題或是改寫文章的練習。請先聽音檔中法籍老師的朗讀，試著理解短文內容，再閱讀短文，最後回答問題或是改寫文章。如此一來，便能同時培養聽力與閱讀能力。

　　本書每一課的每個學習單元皆環環相扣，學習者只要依照所安排的單元循序漸進學習，自然而然就會覺得學習法語很容易。由於語言的學習存在於生活中，所以在本書的正課後面，還提供了「Pause-café」（聊天室）單元。在這個單元裡，每一課中都安排一個聊天的主題，希望學習者用法語打開話匣子，同時能對法國文化與生活有所認識，相信學習會因此變得容易又有趣味。

　　多學一種語言，就多認識一個文化，世界就更寬廣！

蔣若蘭、陳玉花

Table des matières

目次

Leçon

1

Où êtes-vous ?

您在哪裡？

---

1. Vocabulaire 單字

1-1 │ Continents (n.m.) 洲、大陸

🎧 MP3-002

Nom 名詞	中文	Adjectif masculin 陽性形容詞	Adjectif féminin 陰性形容詞	中文
un continent, des continents	洲、 大陸	continental	continentale	大陸的； 大陸性的
l'Amérique (f.)	美洲	américain	américaine	美洲的； 美國人
l'Amérique du Nord	北美洲	✕	✕	✕
l'Amérique du Sud	南美洲	✕	✕	✕
l'Amérique centrale	中美洲	✕	✕	✕
l'Afrique (f.)	非洲	africain	africaine	非洲的； 非洲人
l'Antarctique (m.)	南極洲	antarctique	antarctique	南極的； 南極洲的
l'Europe (f.)	歐洲	européen	européenne	歐洲的； 歐洲人

Nom 名詞				
l'Asie (f.)	亞洲	asiatique	asiatique	亞洲的； 亞洲人
l'Océanie (f.)	大洋洲	océanique	océanique	大洋洲的； 海洋的

1-2 │ Mers (n.f.) 海 　　　　　　　　　🎧 MP3-003

Nom 名詞	中文
la mer Méditerranée	地中海
la Manche	英吉利海峽
la mer Noire	黑海
la mer Rouge	紅海

1-3 │ Pays (n.m.) 國家 　　　　　　　　🎧 MP3-004

Nom 名詞	中文	Nationalité (nom et adjectif, masculin et féminin) 國籍（陰陽性名詞或形容詞）		中文
un pays, des pays	國家			
la France	法國	français	française	法國人； 法國的
l'Angleterre (f.)	英國	anglais	anglaise	英國人； 英國的
l'Allemagne (f.)	德國	allemand	allemande	德國人； 德國的
l'Espagne (f.)	西班牙	espagnol	espagnole	西班牙人； 西班牙的

le Portugal	葡萄牙	portugais	portugaise	葡萄牙人；葡萄牙的
l'Italie (f.)	義大利	italien	italienne	義大利人；義大利的
la Belgique	比利時	belge	belge	比利時人；比利時的
la Suisse	瑞士	suisse	suissesse	瑞士人；瑞士的
la Chine	中國	chinois	chinoise	中國人；中國的
la Russie	俄羅斯	russe	russe	俄羅斯人；俄羅斯的
le Japon	日本	japonais	japonaise	日本人；日本的
la Corée	韓國	coréen	coréenne	韓國人；韓國的
la Thaïlande	泰國	thaïlandais	thaïlandaise	泰國人；泰國的
le Vietnam	越南	vietnamien	vietnamienne	越南人；越南的
l'Inde (f.)	印度	indien	indienne	印度人；印度的
l'Indonésie (f.)	印尼	indonésien	indonésienne	印尼人；印尼的
le Laos	寮國	laotien	laotienne	寮國人；寮國的
les Philippines	菲律賓	philippin	philippine	菲律賓人；菲律賓的
le Canada	加拿大	canadien	canadienne	加拿大人；加拿大的
les États-Unis (m.pl.)	美國	américain	américaine	美國人；美國的

1-4 │ Régions (n.f.) 行政區　　　🎧 MP3-005

Nom 名詞	中文	Nom 名詞	中文
l'Île de France	法蘭西島區	la Provence-Alpes-Côte d'Azur	普羅旺斯－阿爾卑斯－蔚藍海岸區
le Centre	中央區	La Bourgogne	勃艮第區
la Bretagne	布列塔尼區	l'Occitanie	奧克西塔尼區
la Normandie	諾曼第區	le Grand-Est	大東部區

1-5 │ Villes (n.f.) 城市　　　🎧 MP3-006

Nom 名詞	中文	Nom 名詞	中文
Paris	巴黎	Taïpei	臺北
Marseille	馬賽	Hong Kong	香港
Lyon	里昂	Pékin	北京
Toulouse	土魯斯	Shanghai	上海
Nice	尼斯	New York	紐約
Bordeaux	波爾多	Québec	魁北克
Bourges	布爾日	Madrid	馬德里
Londres	倫敦	Barcelone	巴塞隆納

2. Grammaire　文法

2-1 ｜ Majuscule　大寫

國家名及城市名的第一個字母要大寫，ex.：Paris（巴黎）。

2-2 ｜ Préposition　介係詞

en, au, aux, à（在），後接「洲名、國家名或城市名」，規則如下：

- en＋洲名、大陸名稱 = en Europe
- en＋陰性（f.）或是母音開頭的國家名 = en Chine
- au＋陽性（m.）國家名 = au Japon
- aux＋**複數**（**m.pl.**）國家名 = aux États-Unis

- en＋région（大區、行政區）
- à＋ville（城市名）= à Paris

- à (prép.) 在……

  à＋le = au　　　　　à＋le Japon = au Japon

  à＋les = aux　　　　à＋les États-Unis = aux États-Unis

2-3 ｜ Verbes 動詞

être 和 vouloir

être （1. 是；2. 在……à...）　　　　　　　　　　∩ MP3-007

中文	法語	中文	法語
我在	Je suis	我們在	Nous sommes
你在／妳在	Tu es	你們在／妳們在 您們在／您在	Vous êtes
他在	Il est	他們在	Ils sont
她在	Elle est	她們在	Elles sont
我們在／大家在	On est		

vouloir （要）　　　　　　　　　　　　　　　∩ MP3-008

中文	法語	中文	法語
我要	Je veux	我們要	Nous voulons
你要／妳要	Tu veux	你們要／妳們要 您們要／您要	Vous voulez
他要	Il veut	他們要	Ils veulent
她要	Elle veut	她們要	Elles veulent
我們要／大家要	On veut		

vouloir（想要）：動詞變化用「條件式」禮貌性地表意願 ∩ MP3-009

中文	法語	中文	法語
我想要	Je voudrais	我們想要	Nous voudrions
你想要 妳想要	Tu voudrais	你們想要 妳們想要 您們想要 您想要	Vous voudriez
他想要	Il voudrait	他們想要	Ils voudraient
她想要	Elle voudrait	她們想要	Elles voudraient
我們想要 大家想要	On voudrait		

3. Faire des phrases 句型

問句1：Où＋est-ce que＋主詞＋動詞（être）？

（……在哪裡？）

問句2：Où＋ 動詞（être）-主詞 ？

（……在哪裡？）

答句1：主詞＋動詞（être）＋en, au, aux＋國家名

（……在某國家）

答句2：主詞＋動詞（être）＋à＋城市名

（……在某城市）

問句3：Où＋動詞（vouloir）＋主詞（人稱代名詞）＋不定式…？

（哪裡……？）

答句3：主詞（人稱代名詞）＋動詞（vouloir）＋不定式…

（……想要（做某事）……）

3-1 ｜ Comment on dit en français ? 用法語怎麼說？ 法翻中

1) Où est-ce que tu es ? = Où es-tu ? = Tu es où ?

_____

2) Je suis en Espagne.

_____

3) Où est-ce que tu travailles ? = Où travailles-tu ?

_____

4) Je travaille à Taïpei.

_____

5) Où est ton frère ?

_____

6) Il est à Pékin.

_____

7) Où voulez-vous habiter ?

_____

8) Je voudrais habiter à Nice.

_____

9) Où est la France sur la carte ?

_____

10) Elle est en Europe.

_____

11) Où voulez-vous voyager ?

_____

12) Nous voudrions aller en Afrique.

_____

13) Où voudrais-tu passer les vacances ?

_____

14) Je voudrais passer les vacances en Bretagne.

_____

15) Je voudrais aller en Europe.

_____

Note 注解：

· la carte (n.f.) 地圖、證件、撲克牌

· aller (v.) 去

  je vais   nous allons

  tu vas   vous allez

  il va   ils vont

  elle va   elles vont

  on va

3-2 | Essayez de traduire. 小試身手。 中翻法

1) 他在哪裡？

   _____

2) 他在中國。

   _____

3) 你的法語老師在哪裡？

   _____

4) 他在法國。

   _____

5) 你們在哪裡？

   _____

6) 我們在馬德里。

   _____

7) 她想住哪裡？

   _____

8) 她想住馬賽。

   _____

9) 地圖上的加拿大在哪裡？

   _____

10) 它（加拿大）在北美洲。

   _____

11) 你想去哪裡旅行？

_____

12) 我想去亞洲。

_____

13) 你們想去哪裡渡假？

_____

14) 我們想去勃艮第渡假。

_____

15) 我想去日本。

_____

Astuce 文法一點通 | 　　　　　　　　　　　　🎧 MP3-011

・陽性國家名用「il」當代名詞，陰性國家名用「elle」當代名詞。

Ex.：Où est **la France** sur la carte？（法國在地圖上的什麼位置？）

　　Elle est en Europe.（它在歐洲。）

Ex.：Où est **le Canada** sur la carte？（加拿大在地圖上的什麼位置？）

　　Il est en Amérique du Nord.（它在北美。）

・口語的疑問句＝

　Sujet（主詞）＋verbe（動詞）＋adverbe interrogatif（疑問副
　詞「où」）？

Ex.：Vous êtes où？（您在哪裡？）

3-3 │ Complétez les phrases avec la bonne préposition.
      填入適當的介係詞。

1) Je suis ___ Chine.

2) Tu es ___ France.

3) Il est ___ Allemagne.

4) Nous sommes ___ Angleterre.

5) Vous êtes ___ Espagne.

6) Ils sont ___ Japon.

7) Elle est ___ Vietnam.

8) Elles sont ___ Etats-Unis.

9) Mon professeur est ___ Taïpei.

10) Mon patron est ___ Paris.

Note 注解：

la littérature (n.f.) 文學

la Sorbonne (n.f.) 索邦大學（位於巴黎，由巴黎第四及第六大學合併而成。）

4-1 │ Où est-il ? 他在哪裡？　　　🎧 MP3-012

A：Ton frère, il est où ?

B：Il est à Paris, en France. Il étudie la littérature française à la Sorbonne.

A：_____

B：_____

4-2 │ Où veux-tu passer les vacances ? 你想去哪裡渡假？

Olivier：Bonjour Sabine ! Comment vas-tu ?　　🎧 MP3-013

Sabine：Je vais très bien, et toi ?

Olivier：Je vais très bien, merci. Les vacances arrivent ! Je vais partir à New York ! Et toi ? Où veux-tu passer les vacances ?

Sabine：Je ne sais pas trop ... Seulement en France, je pense. Peut-être en Bretagne.

Olivier：C'est bien aussi de rester en France, c'est reposant.

Sabine：Justement, je n'ai pas envie de prendre l'avion.

Note 注解：

- reposant (a.) 讓人可休息的
- pas trop 不太……
- peut-être (adv.) 也許、可能
- justement (adv.) 正是、正好
- trop (adv.) 太、非常
- seulement (adv.) 只、僅僅
- prendre＋交通工具　搭乘
- l'avion (m.) 飛機

Olivier : _____

Sabine : _____

Olivier : _____

Sabine : _____

Olivier : _____

Sabine : _____

Pause-café 聊天室│

I. Symboles de la France 法國的象徵（P.134）

Leçon

2

Il fait chaud.

天氣好熱。

---

1. Vocabulaire 單字

1-1 │ Saisons (n.f.) 季節 🎧 MP3-014

le printemps (n.m.)	春	**au** printemps	在春季
l'été (n.m.)	夏	**en** été	在夏季
l'automne (n.m.)	秋	**en** automne	在秋季
l'hiver (n.m.)	冬	**en** hiver	在冬季

1-2 │ Climat (n.m.) – Temps (n.m.) – Météo (n.f.)
氣候－天氣－氣象

Adjectifs 形容詞 🎧 MP3-015

chaud	熱的	beau	好的
frais	涼的	mauvais	壞的
froid	冷的	humide	潮濕的
gris	陰沉的	nuageux	多雲的

Verbes 動詞

MP3-016

neiger	下雪	pleuvoir	下雨
geler	結冰	grêler	下冰雹

Noms 名詞

MP3-017

le soleil	太陽	la lune	月亮
la neige	雪	la pluie	雨
le vent	風	le nuage	雲
le brouillard	霧	l'orage (m.)	暴雨
la tempête	風暴、暴風雨	la canicule	酷暑、熱浪
le typhon	颱風	la température	溫度

2. Grammaire 文法

2-1 │ Verbes 動詞

faire（1. 表氣象狀況；2. 做、從事（職業）－第三類動詞）MP3-018

Je fais	Nous faisons
Tu fais	Vous faites
Il fait	Ils font
Elle fait	Elles font
On fait	

在這個單元中，以非人稱主詞 il 表示「天氣」，用 faire 當動詞表示「氣象狀況」，句型為 Il fait...。

3. Faire des phrases 句型

Astuce 文法一點通|

當句子以非人稱主詞「il」開頭描述天氣時，若遇到季節和月份，有兩種呈現方式：

- 將季節和月份放在句尾，是比較常用的句型。

  如：Il pleut en octobre.（十月下雨。）

- 將季節或月份放在句首，表示強調。

  如：En octobre, il pleut !（在十月都下雨。）

問句：Quel temps fait-il aujourd'hui ?　今天天氣如何？

答句有下列三種句型：

3-1 | 句型 1：il fait ＋表示天氣的形容詞

a. Comment on dit en français ?　用法語怎麼說？　法翻中　∩ MP3-019

1)　Il fait chaud.

_____

2)　Il fait frais.

_____

3)　Il fait froid.

_____

4)　Il fait beau.

_____

5)　Il fait mauvais.

_____

b. Essayez de traduire. 小試身手。中翻法

1) 天氣陰陰的。

_____

2) 天氣很潮濕。

_____

3) 天氣多雲的。

_____

4) 天氣非常熱。

_____

5) 天氣非常冷。

_____

3-2 │句型 2：Il ＋天氣動詞

a. Comment on dit en français ? 用法語怎麼說？ 法翻中 ∩ MP3-020

1) Il neige en hiver.

_____

2) Il pleut en février.

_____

Pause-café 聊天室│
II. Météo 天氣（P.135）

b. Essayez de traduire. 小試身手。 中翻法

1) 夏天下冰雹。

   _____

2) 冬天結冰。

   _____

3-3 ｜句型 3：Il y a ＋冠詞（不定冠詞／部分冠詞）＋名詞

a. Comment on dit en français ? 用法語怎麼說？ 法翻中 ∩ MP3-021

1) Il y a du vent.

   _____

2) Il y a des nuages.

   _____

3) Il y a un typhon qui arrive.

   _____

b. Essayez de traduire. 小試身手。 中翻法

1) 有（一些）雨。

   Il y a _____

2) 有（起）霧。

   Il y a _____

3) 有陽光。

   Il y a _____

4) 有暴雨。

Il y a _____

Présenter « Ma ville » 介紹「我的城市」 🎧 MP3-022

J'habite à Bourges, en France. La ville de Bourges n'est pas très grande, mais c'est une belle ville. Bourges n'est pas loin de Paris. Il fait beau au printemps. Il fait chaud en été. Il fait frais et il pleut en automne. Il fait froid et il neige en hiver. Et vous ? Où habitez-vous ?

_____

_____

_____

_____

Leçon

3

Autour de chez moi.
在我家附近。

1. Vocabulaire 單字

1-1 │ Lieux I 場所 I

🎧 MP3-023

le lieu 場所		la profession 職業	
le magasin	商店	le patron / la patronne	老闆
le grand magasin	百貨公司	le vendeur / la vendeuse	店員（銷售員）
le marché	市場		
le supermarché	超市		
le centre commercial	購物中心		
le centre-ville	市中心		
le restaurant	餐館	le restaurateur / la restauratrice	餐館業者
l'hôpital (m.)	醫院	le docteur / le médecin	醫生
la pharmacie	藥局	le pharmacien / la pharmacienne	藥劑師
la librairie	書店	le libraire / la libraire	書商

le lieu　場所		la profession　職業	
la poste	郵局	le **facteur** / la **factrice**	郵差
des toilettes publiques (n.f.pl.)	公廁		
le parc	公園		
le jardin	花園	le jardin**ier** / la jardin**ière**	園丁
le parking	停車場	le gardi**en** / la gardi**enne**	看守員
le collège	國中	le collégi**en** / la collégi**enne**	國中生
le lycée	高中	le lycé**en** / la lycé**enne**	高中生

1-2 ｜ Prépositions de lieu　方位介係詞　⌒ MP3-024

devant	在……前面	derrière	在……後面
loin de	離……很遠	près de	離……很近
à droite de	在……右邊	à gauche de	在……左邊
à côté de	在……旁邊	en face de	在……對面

2. Grammaire 文法

2-1 ｜ Il y a... （那裡）有……

il – 主詞，在上一課作為表示「天氣」的非人稱主詞，在這一課
  仍是非人稱主詞，後面帶出一個句子。

y – 副詞（adv.）這裡、那裡，代表一個地方。

a – 動詞「avoir」作第三人稱單數的動詞變化：il a。

3. Faire des phrases 句型

3-1 ｜句型 1：Il y a＋名詞（或代名詞）指出人或物（單、複數名詞）

a. Comment on dit en français ? 用法語怎麼說 ?　法翻中　∩ MP3-025

1)　Il y a une étudiante.

    ———————————————————————————————

2)　Il y a un enfant.

    ———————————————————————————————

3)　Il y a l'avenue des Champs-Élysées à Paris.

    ———————————————————————————————

> Pause-café 聊天室｜
> III. Champs-Élysées 香榭麗舍大道（P.135）

b. Essayez de traduire. 小試身手。 中翻法

1) （那裡）有五位法國學生。

_____

2) 在你的書旁邊有一枝黑筆。

_____

3) 在台北有國立故宮博物院（le Musée National du Palais）。

_____

3-2 ｜句型 2：Il y a ＋地方（單、複數名詞）

a. Comment on dit en français ? 用法語怎麼說？ 法翻中 ⌒ MP3-026

1) Il y a un grand supermarché à côté de la poste.

_____

2) Il y a un très joli jardin pas loin de chez moi.

_____

b. Essayez de traduire. 小試身手。 中翻法

1) 在公園旁邊有公廁。

_____

2) 有一間藥局在醫院對面。

_____

3-3 ｜句型 3：Y a-t-il ＋名詞（單、複數）？ 有沒有……？

Est-ce qu'il y a ＋名詞（單、複數）？ 有沒有……？

a. Comment on dit en français ? 用法語怎麼說？ 法翻中 🎧 MP3-027

1) Y a-t-il des toilettes dans le centre commercial ?

_____

2) Est-ce qu'il y a une librairie dans le grand magasin ?

_____

b. Essayez de traduire. 小試身手。 中翻法

1) 市中心有停車場嗎？

_____

2) 你家旁邊有沒有商店？

_____

3-4 ｜句型 4：主詞＋動詞（être）＋方位介係詞＋補語（城市、地點）

a. Comment on dit en français ? 用法語怎麼說？ 法翻中 🎧 MP3-028

1) Paris est loin de Marseille.

_____

2) Bourges n'est pas loin de Paris.

_____

3) Bourges est près de la Loire.

_____

b. Essayez de traduire. 小試身手。 中翻法

1) 學校離我家不遠。

   _____

2) 學校在我家旁邊。

   _____

3) 學校在麵包店對面。

   _____

4. Lecture 閱讀 法翻中

Autour de chez moi 在我家附近   ∩ MP3-029

J'habite à Bourges. Pas loin de chez moi, il y a un très joli parc. À côté de chez moi, il y a un collège, un lycée, un petit supermarché, un très bon restaurant français et un restaurant italien. C'est pratique !

_____

_____

_____

_____

Leçon 4

Où est le cinéma, s'il vous plaît ?

請問電影院在哪裡？

1. Vocabulaire 單字

1-1 │ Lieux II 場所 II

🎧 MP3-030

le lieu 場所		la profession 職業	
un commerce	商家	un commerçant / une commerçante	商人
une caisse	收銀台	un caissier / une caissière	收銀員
une boulangerie	麵包店	un boulanger / une boulangère	麵包師傅
un hôtel	旅館	un hôtelier / une hôtelière	旅館業者
un cinéma	電影院	un cinéaste / une cinéaste	電影工作者
une banque	銀行	un banquier / une banquière	銀行家
un magasin de musique	樂器行	un musicien / une musicienne	音樂家

le lieu 場所		la profession 職業	
un bar	酒吧	un serveur / une serveuse	服務員
une galerie	畫廊	un peintre / une artiste peintre	畫家
un musée	博物館		
une place	廣場		
un carrefour (le Carrefour)	十字路口 （家樂福）		
une école	學校、小學	un écolier / une écolière	小學生
une université	大學	un étudiant / une étudiante	大學生

1-2 │ Locution adverbe (loc.adv.) 副詞短語 🎧 MP3-031

à gauche	向左、在左邊	gauche (n.f.)	左邊、左方
à droite	向右、在右邊	droite (n.f.)	右邊、右方
tout droit	往前（走）、直直（走）	droit (adv.)	成直線、筆直
en face	對面	face (n.f.)	面、臉

tourner (v.)	轉彎、轉向	passer (v.)	經過、通過
arriver (v.)	到達	passer par...	經過……
chercher (v.)	尋找	passer devant...	經過……前面
continuer (v.)	繼續		

2. Grammaire　文法

2-1 │ Expressions de politesse pour demander son chemin
問路的禮儀

MP3-033

· 地方名詞是指定的某個地方，要用定冠詞（le, la, les）。

· 開頭用「Excusez-moi !」或「Pardon !」（對不起！抱歉！），
結尾用「S'il vous plaît !」（請！）。

· 稱呼的用法：

Monsieur (n.m.) 先生	縮寫：M.	Messieurs (n.m.pl.) 先生們
Madame (n.f.) 女士	縮寫：Mme	Mesdames (n.f.pl.) 女士們
Mademoiselle (n.f.) 小姐	縮寫：Mlle	Mesdemoiselles (n.f.pl.) 小姐們

2-2 │ Nombres ordinaux 序數 ⌒ MP3-034

· 序數＝基數＋ième　ex.：deuxième

· 序數＝基數去掉字尾 e＋ième　ex.：quatrième

· 序數＝基數＋u＋ième　ex.：cinquième

· 序數＝基數字尾 f 變成 v＋ième　ex.：neuvième

基數	序數	縮寫
un	premier (a.)	1er
une	première	1ère
deux	deuxième	2ème
trois	troisième	3ème
quatre	quatrième	4ème
cinq	cinquième	5ème
six	sixième	6ème
sept	septième	7ème
huit	huitième	8ème
neuf	neuvième	9ème
dix	dixième	10ème
onze	onzième	11ème
douze	douzième	12ème
treize	treizième	13ème
quatorze	quatorzième	14ème
quinze	quinzième	15ème
seize	seizième	16ème
dix-sept	dix-septième	17ème
dix-huit	dix-huitième	18ème
dix-neuf	dix-neuvième	19ème

· Révision　複習：

aller（1. 詢問身體處於……狀況；2. 詢問事情進行得……）

aller à...（去……）

🎧 MP3-035

中文	法語	中文	法語
我去	Je vais	我們去	Nous allons
你去／妳去	Tu vas	你們去／妳們去 您們去／您去	Vous allez
他去	Il va	他們去	Ils vont
她去	Elle va	她們去	Elles vont
我們去／大家去	On va		

3.　Faire des phrases　句型

3-1 ｜句型 1：Où ＋動詞（être）＋主詞（地方名詞）？

a. Comment on dit en français ?　用法語怎麼說？　法翻中 🎧 MP3-036

1)　Pardon Monsieur, où est l'université, s'il vous plaît ?

2)　Excusez-moi Madame, où est le supermarché Carrefour, s'il vous plaît ?

b. Essayez de traduire. 小試身手。 中翻法

1) 對不起，先生，請問市中心在哪裡？

_____

2) 抱歉，女士，請問麵包店在哪裡？

_____

3) 對不起，先生，請問付款處在哪裡？

_____

4) 對不起，女士，請問美術博物館 (Musée des Beaux-Arts)
   在哪裡？

_____

5) 抱歉，小姐，請問聖瑪麗高中 (Lycée Sainte Marie) 在哪裡？

_____

3-2 │ 句型 2：Je cherche ＋地方名詞

a. Comment on dit en français ? 用法語怎麼說？ 法翻中 ∩ MP3-037

1) Pardon Monsieur, je cherche la poste, s'il vous plaît.

_____

2) Pardon Madame, je cherche le Musée d'Orsay, s'il vous plaît.

_____

Pause-café 聊天室 │

IV. • Musée d'Orsay 奧賽博物館 (P.136)

　　• Place de la Concorde 協和廣場 (P.137)

b. Essayez de traduire.　小試身手。　中翻法

1)　對不起，小姐，我在找購物中心（請）？

_____

2)　對不起，先生，我在找電影院（請）？

_____

3)　對不起，女士，我在找老佛爺百貨（les Galeries Lafayette）（請）？

_____

4)　對不起，小姐，我在找協和廣場（la Place de la Concorde）（請）？

_____

3-3 │ 句型 3：Où ＋動詞（aller）＋主詞？

　　　　　　Où ＋ est-ce que ＋主詞＋動詞（aller）？

　　　　　　主詞＋動詞（aller）＋ où ？

　　　　　　答句：主詞＋動詞（aller）＋ **à** ＋地方名詞

a. Comment on dit en français ?　用法語怎麼說？　法翻中　🎧 MP3-038

1)　Où est-ce que tu vas ?

_____

2)　Je vais **à** Paris.

_____

3)　On va où ?

_____

4)　Où allez-vous ?

_____

5) Nous allons **au** restaurant.

_____

6) Est-ce que je peux aller **aux** toilettes ?

_____

Astuce 文法一點通｜

· aller à＋地名（不需加冠詞）

· aller à＋場所（需加定冠詞，並注意「à＋定冠詞」的變化）

ex.：Je vais au restaurant.（à＋le restaurant ⇒ au restaurant）

ex.：Je vais à la poste.　（à＋la 維持不變）

ex.：Je vais aux toilettes.（à＋les toilettes ⇒ aux toilettes）

3-4 ｜句型 4：主詞＋動詞＋副詞短語

a. Comment on dit en français ?　用法語怎麼說？　法翻中 ∩ MP3-039

1) Vous allez tout droit.

_____

2) Vous tournez à gauche.

_____

3) Vous passez par la poste.

_____

4) Vous prenez la deuxième rue à gauche.

_____

b. Essayez de traduire.　小試身手。 中翻法

1) 您（你們）繼續直走。

_____

2) 您（你們）向右轉。

_____

3) 您（你們）經過家樂福前面。

_____

4) 您（你們）走右邊第三條街。

_____

Astuce　文法一點通│ 🎧 MP3-040

prendre (v.) 選（道路）、拿取

Je prends	Nous prenons
Tu prends	Vous prenez
Il prend	Ils prennent
Elle prend	Elles prennent
On prend	

Note　注解：

• le pont (n.m.)　橋

• jusqu'à⋯ (loc. prép.)　直到⋯⋯

• au feu (⇐ à＋le feu)　在紅綠燈處

• ensuite (adv.)　然後、隨後

• le bout de⋯　⋯⋯的盡頭（終點）

• jusqu'à＋le bout de ⇒ jusqu'au bout de　直到⋯⋯的盡頭

4-1 ｜ Où est la Place de la Concorde ? 　　🎧 MP3-041

請問協和廣場在哪裡？

Louis ： Bonjour Madame, où est la Place de la Concorde, s'il vous plaît ?

Madame ： Vous continuez tout droit, vous tournez à la première rue à droite, vous allez passer par le Pont de la Concorde et vous arrivez à la Place de la Concorde.

Louis ： Merci Madame.

路易 ： _____

女士 ： _____

_____

_____

路易 ： _____

Astuce　文法一點通 ｜

Le futur proche　近未來式：aller＋infinitif表示即將做某事

4-2 | Où est le cinéma ? 電影院在哪裡？ ∩MP3-042

Marie :   Bonjour Monsieur, je cherche le cinéma, s'il vous plaît ?

Monsieur : Vous allez tout droit jusqu'au carrefour, au feu, vous tournez ensuite à gauche, vous allez tout droit jusqu'au bout de la rue et tournez à droite. Le cinéma est juste à votre droite.

Marie :   Merci Monsieur.

瑪麗： _____

先生： _____

_____

瑪麗： _____

Notes

Leçon

5

J'aime jouer de la guitare.
我喜歡彈吉他。

---

1. Vocabulaire 單字

1-1 │ Loisirs (n.m.) 休閒娛樂

Verbes 動詞   🎧 MP3-043

lire	讀書	écouter de la musique	聽音樂
prendre des photos	照相	regarder la télévision (regarder la télé)	看電視（口語用法）
chanter	唱歌	jouer	玩、彈奏
danser	跳舞	faire	做、從事
nager	游泳		

Noms 名詞

le dessin	圖畫	le tennis	網球
la calligraphie	書法	le foot / le football	足球
la photographie	攝影	le badminton	羽毛球
la randonnée	遠足、爬山	le basket	籃球
la danse	跳舞	le ping-pong	乒乓球
la natation	游泳	les cartes (n.f.pl.)	撲克牌
le shopping	購物	les échecs (n.m.pl.)	西洋棋
le vélo	自行車	les échecs chinois (n.m.pl.)	象棋
le sport	運動	les jeux en ligne (n.m.pl.)	線上遊戲
le camping	露營	les jeux vidéos (n.m.pl.)	電動遊戲
la pétanque	（法式）滾球	le piano	鋼琴
le ski	滑雪	la guitare	吉他
la luge	雪橇	le violon	小提琴
l'équitation (n.f.)	騎馬、馬術	la flûte	笛子
la voile	帆船	le violoncelle	大提琴
les arts martiaux (n.m.pl.)	武術		

1-2 ｜ Verbes 動詞

· faire（做、從事（職業）– 第三類動詞） ∩ MP3-045

Je fais	Nous f<u>ai</u>sons [ə]
Tu fais	Vous f<u>ai</u>tes [ɛ]
Il / Elle / On fait	Ils / Elles font

· savoir（知道、曉得、會 – 第三類動詞） ∩ MP3-046

Je sais	Nous savons
Tu sais	Vous savez
Il / Elle / On sait	Ils / Elles savent

2. Faire des phrases　句型

- 句型1：主詞＋動詞（aimer, savoir）＋不定式（infinitif）
  喜歡、會……
- 句型2：主詞＋動詞（aimer, savoir）＋faire de＋運動或活動
  喜歡做……、會做……
- 句型3：主詞＋動詞（aimer, savoir）＋jouer à＋球類運動、遊戲
  喜歡玩……、會玩……
- 句型4：主詞＋動詞（aimer, savoir）＋jouer de＋樂器
  喜歡彈奏……、會彈奏……

∩ MP3-047

1) J'aime chanter.

_____

2) Ma sœur aime dessiner.

_____

3) Aimez-vous faire de l'équitation ?

(= Est-ce que vous aimez faire de l'équitation ?)

_____

4) Non, je préfère faire du ski.

_____

5) Savez-vous jouer aux échecs ?

_____

6) Oui. Je sais aussi jouer aux cartes.

_____

7) Pauline aime beaucoup jouer du piano.

_____

8) Et moi, j'aime bien faire de la voile.

_____

9) Et Paul, qu'est-ce qu'il aime faire ?

_____

10) Il adore jouer aux jeux vidéos.

_____

faire＋**du**＋陽性名詞

faire＋**de la**＋陰性名詞

faire＋**de l'**＋母音開頭的陽、陰性名詞

faire＋**des**＋複數名詞

2-2 │ Essayez de traduire. 小試身手。 中翻法

1) 我喜歡看書。

_____

2) 我的兄（弟）喜歡看電視。

_____

3) 你們喜歡滑雪嗎？

_____

4) 是的，我們熱愛滑雪。

_____

5) 他們會玩象棋嗎？

_____

6) 不會，他們不會玩象棋。

_____

7) 尼古拉（Nicolas）非常喜歡彈吉他。

_____

8) 她呢，她挺喜歡彈鋼琴。

_____

9) 你呢，你喜歡做什麼？

_____

10) 我熱愛騎腳踏車。

_____

Pause-café 聊天室 |
V. Conservatoire 音樂舞蹈學院（P.137）

Note 注解：
le monde (n.m.) 世界、人們、眾人
tout le monde 大家、所有人

Astuce 文法一點通 |
jouer＋**au**＋陽性名詞
jouer＋**à la**＋陰性名詞
jouer＋**aux**＋複數名詞

3. Test 測驗：Complétez les phrases 填空

1) J'aime faire _____ calligraphie.

2) Il aime faire _____ photographie.

3) Aimes-tu faire _____ randonnée ?

4) Nous aimons faire _____ camping.

5) Ma sœur et moi aimons faire _____ shopping.

6) Sais-tu faire _____ vélo ?

7) J'adore jouer _____ basket.

8) Elles aiment jouer _____ échecs.

9) On aime jouer _____ jeux en ligne.

10) Tout le monde aime jouer _____ guitare.

> **Astuce 文法一點通|**
> jouer＋**du**＋陽性名詞
> jouer＋**de la**＋陰性名詞
> jouer＋**des**＋複數名詞

4. Script 劇情影片 法翻中

4-1 │ Qu'est-ce que vous aimez faire ? 你們喜歡做什麼 ? ⌂ MP3-04

Sophie : Bonjour Alexandre.

Alexandre : Bonjour Sophie.

Sophie : Où vas-tu ?

Alexandre : Je vais au cinéma.

Sophie : Au cinéma ? Tu aimes le cinéma ?

Alexandre : Oui, j'aime beaucoup le cinéma et j'aime aussi lire.

Sophie : Moi aussi, j'adore lire. Qu'est-ce que tu aimes faire d'autres ?

Alexandre : J'aime faire du sport, jouer au football, au tennis, au badminton et faire de l'équitation.

Sophie : Je préfère la musique. Je joue du piano et du violon. C'est à quelle heure, ton film ?

Alexandre : C'est à 14h.

Note 注解 :

d'autres (pron. indéf.) 別的人、事、物

Sophie : _____

Alexandre : _____

Sophie : _____

Alexandre : _____

Sophie : _____

Alexandre : _____

Sophie : _____

Alexandre : _____

Sophie : _____

Alexandre : _____

4-2 ｜ Mes loisirs favoris (1)　我最喜歡的休閒活動（1）🎧MP3-049

Je m'appelle Eva, j'ai 17 ans, je suis française. J'aime lire et regarder la télévision. J'aime la musique et je joue du piano. Je n'aime pas l'école et je n'aime pas faire mes devoirs. Le lundi je vais faire du sport, et le mardi je vais à l'école de musique. J'adore aller au cinéma.

_____

_____

_____

_____

> **Note　注解：**
> • devoir (n.m.)　（學生的）作業、責任、義務
> • faire ses devoirs　做作業

4-3 ｜ Mes loisirs préférés (2)　我比較喜歡的休閒活動（2）🎧MP3-05

Je m'appelle Iman. En été, quand il fait chaud, j'aime beaucoup nager. En automne, quand il ne fait pas chaud, j'aime faire de la randonnée. Au printemps, quand il fait beau, je joue au badminton. En hiver, quand il neige, je fais de la luge.

_____

_____

_____

Notes

Leçon

6

Je vais faire du sport.
我要去做運動。

---

1. Vocabulaire 單字

1-1 | Verbes 與活動相關的動詞

Verbes 動詞	中文	Verbes 動詞	中文
étudier	學習、研讀	cuisiner	烹飪、做菜
dessiner	繪畫	jardiner	從事園藝
chanter	唱歌	planter	種植
danser	跳舞	bricoler	（自己動手）安裝、修繕
courir	跑步	voyager	旅遊
entrer	進入	visiter	參觀
rentrer	回來、回去	sortir	出去、外出、出門

Masculin 陽性	Féminin 陰性	中文
un ami	une amie	朋友
mon petit ami	ma petite amie	我的男朋友、我的女朋友
un copain	une copine	好友、同伴、夥伴
un camarade	une camarade	同學、同伴
un collègue	une collègue	同事

2. Grammaire 文法

2-1 ｜ Le futur proche　近未來式

aller + infinitif（不定式）　　　　　　表示**即將**要做某事

2-2 ｜ Le passé récent　近過去式

venir de + infinitif（不定式）　　　　表示**剛剛**做某事

venir（來－第三類動詞）　　　　　　　　　　∩ MP3-053

Je viens	Nous venons
Tu viens	Vous venez
Il / Elle / On vient	Ils / Elles viennent

venir de + nom（名詞）　　　　　　　來自於……、從……來

3. Faire des phrases 句型

> • 句型1：主詞＋aller＋infinitif
>
> ……要去做某事
>
> • 句型2：主詞＋venir＋de＋名詞（國家、地區、城市、地方）
>
> ……來自於……
>
> • 句型3：D'où venir＋主詞？
>
> ……來自哪裡？
>
> • 句型4：主詞＋venir＋de＋infinitif
>
> ……剛剛做某事

3-1 ｜ Comment on dit en français ？ 用法語怎麼說？ 法翻中

♫ MP3-054

1) Ma camarade étudie chaque soir le français.

_____

2) Mon camarade va étudier l'histoire.

_____

3) Je viens d'étudier l'histoire de mon pays.

_____

4) Qu'est-ce que vous allez faire ce week-end ?

_____

5) Je vais faire du sport.

_____

6) D'où venez-vous ?

_____

7)   Nous venons de Lyon.

_____

8)   Mon petit ami chante sous sa douche tous les jours.

_____

9)   Louis vient de chanter sous la douche.

_____

10) Ma copine va cuisiner avec sa mère.

_____

11) Jardiner, c'est bon pour la santé !

_____

12) Mon père vient de bricoler dans la maison.

_____

Note   注解：

chaque (a.) 每個的

tous les jours 每天

sous la douche 在淋浴中

avec (prép.) 和……一起

la santé (n.f.) 健康

dans la maison 在家裡

3-2 | Essayez de traduire. 小試身手。 中翻法

1) 你的男朋友要和我們一起去唱歌嗎？（Est-ce que）

_____

2) 夏天，我喜歡和朋友們一起出去。

_____

3) 我這個夏天（cet été）要去法國住。

_____

4) 這個星期天（ce dimanche）你要做什麼？

_____

5) 我要和朋友們一起去唱歌。

_____

6) 我的哥哥要去踢球。

_____

7) 我要和同事去餐廳吃飯。

_____

8) 尼古拉（Nicolas）喜歡從事園藝。

_____

9) 他要在花園種了一些花。

_____

10) 我的好朋友（女性）剛從法國回來。

_____

11) 我們（on）剛到了（arriver）。

_____

12) 我的好友（男性）這個星期六要去英國工作。

_____

Pause-café 聊天室 |

VI. Jardinage et bricolage 做園藝和手工藝（P.138）

Astuce 文法一點通 | ∩ MP3-055

Adjectifs démonstratifs 指示形容詞：

ce, cet, cette 這個、ces這些。

	Singulier 單數	Pluriel 複數
Masculin 陽性	ce + nom masculin cet + devant voyelle ou h muet （母音或是啞音 h 開頭的名詞）	ces + nom pluriel
Féminin 陰性	cette + nom féminin	ces + nom pluriel

ex.：

ce week-end　　這個週末／ce stylo　　　這支筆　／ce garçon　　這個男孩

cet homme　　　這位男士／cet hôtel　　　這間旅館／cet été　　　這個夏天

cette fleur　　　這朵花　／cette femme　這位女士／cette fille　　這個女孩

ces garçons　　這些男孩／ces filles　　這些女孩／ces fleurs　　這些花朵

4. Script 影片劇本　法翻中

4-1 ｜ Qu'est-ce que tu vas faire ?　你要做什麼？ ∩ MP3-056

Léo : Bonjour Anne, qu'est-ce que tu vas faire ce samedi ?

Anne : Je vais travailler le matin. A midi, je vais manger au restaurant japonais avec mes amis.

Léo : Et l'après-midi ?

Anne : Nous allons au cinéma. Et toi ? Qu'est-ce que tu vas faire ce weekend ?

Léo : Je vais à Paris. Ma grande sœur habite à Paris. Nous allons visiter le Louvre.

Anne : Génial !

Léo : _____

Anne : _____

Léo : _____

Anne : _____

Léo : _____

Anne : _____

Astuce 文法一點通 │

L'impératif (n.m.) 命令式

· 命令式一定是在面對面說話的情況下使用，動詞有第一人稱複數
和第二人稱單複數變化，省略主詞。

　Ex.：Viens !（你／妳）來吧！

　　　Allez !（您／你們／妳們）走吧！做吧！

　　　Allons-y !（我們）走吧！做吧！

　　　（y（代副詞）：這裡是代替由介係詞à引導的地點）

4-2 │ Où vas-tu maintenant ？ 你現在要去哪裡？ 🎧 MP3-057

Jade : Louis, tu vas à l'école ?

Louis : Non, je viens de rentrer de l'école.

Jade : Où vas-tu maintenant ?

Louis : Je vais jouer au basket avec mes copains.

Jade : Je viens de jouer au basket. Allez-vous au café après le
basket ?

Louis : Non, nous n'allons pas au café, mais nous allons au restaurant.

Jade : Je viens aussi.

Louis : Oui, viens ! Je vais t'appeler dans une heure.

Jade : Ça marche ! À tout à l'heure !

Louis : À tout à l'heure !

Jade : _____

Louis : _____

Jade : _____

Louis : _____

Jade : _____

Louis : _____

Jade : _____

Louis : _____

Jade : _____

Louis : _____

Note 注解：

- maintenant (adv.) 現在、目前
- rentrer de＋地方 從……回來
- le café (n.m.) 咖啡、咖啡廳

    J'aime le café. 我喜歡（喝）咖啡。

    Je vais au café. 我去咖啡廳。

- appeler (v.) 呼喚、打電話
- dans＋時間 在……之後

    dans une heure 在一小時之後

- marcher (v.) 走路

    Ça marche！ 行！

- heure (n.f.) 點鐘、時刻

    tout à l'heure (loc.adv.) 待一會兒；馬上

    À tout à l'heure！ 待會見！

Notes

Leçon

7

Je finis d'abord mon travail.

我先做完我的工作。

1. Vocabulaire 單字

1-1 │ Verbes du 2ᵉ groupe 第二類動詞：以 -ir 結尾

🎧 MP3-058

verbes du 2ᵉ groupe 第二類動詞		adjectifs 形容詞	
finir	完成	fini, finie	完成的
grandir	長大、變高	grand, grande	高的、大的
maigrir	變瘦	maigre, maigre	瘦的
mincir	變苗條	mince, mince	苗條的
grossir	變胖	gros, grosse	胖的
rajeunir	變年輕	jeune, jeune	年輕的
vieillir	變老	vieux ＋陽性單數名詞 vieil ＋母音開頭的陽性單 　　數名詞 vieille ＋陰性單數名詞 vieux ＋陽性複數名詞 vieilles ＋陰性複數名詞	老的

2. Grammaire 文法

2-1 ｜ Conjugaison des verbes du 2ᵉ groupe
　　　第二類動詞的動詞變化

「第二類動詞」變化規則

去掉字尾 –r 後，依人稱加上 –s / –s / –t / –ssons / –ssez / –ssent

· finir（完成）　　　　　　　　　　　　　　　　🎧 MP3-059

Je fini**s**	Nous fini**ssons**
Tu fini**s**	Vous fini**ssez**
Il / Elle / On fini**t**	Ils / Elles fini**ssent**

ex. :

A :　On peut manger ?

_____

B :　Je finis d'abord mon travail.

_____

A :　Dans 10 minutes ?

_____

B :　20 minutes.

_____

A :　D'accord.

_____

Note　注解：

· D'accord (loc.adv.)　好的、同意

· grandir（長大、變高）–grand / grande (a.) 🎧MP3-060

Je grandi**s**	Nous grandi**ssons**
Tu grandi**s**	Vous grandi**ssez**
Il / Elle / On grandi**t**	Ils / Elles grandi**ssent**

ex. :

1) Elle est petite.

_____

2) Elle grandit encore.

_____

3) Sa grande sœur est grande.

_____

2-2 | Essayez de conjuguer ces verbes du 2ᵉ groupe

試著變化下列第二類動詞

· maigrir（變瘦）–maigre / maigre (a.) 🎧MP3-061

Je _____   Nous _____

Tu _____   Vous _____

Il _____   Ils _____

Elle _____ Elles _____

On _____

ex. : Elle maigrit, car elle est malade.

_____

· mincir（變苗條）–mince / mince (a.)　　　🎧MP3-062

Je _____　　Nous _____

Tu _____　　Vous _____

Il _____　　Ils _____

Elle _____　　Elles _____

On _____

ex. : Il mincit, car il fait du sport.

· grossir（變胖）–gros / grosse (a.)　　　🎧MP3-063

Je _____　　Nous _____

Tu _____　　Vous _____

Il _____　　Ils _____

Elle _____　　Elles _____

On _____

ex. : Ce vêtement me grossit.

· vieillir（變老）–vieux, vieil / vieille (a.)　　　🎧MP3-064

Je _____　　Nous _____

Tu _____　　Vous _____

Il _____　　Ils _____

Elle _____　　Elles _____

On _____

ex. : Ma grand-mère vieillit, elle oublie tout.

· rajeunir（變年輕）–jeune / jeune (a.)　　　　∩ MP3-065

Je _____　　Nous _____

Tu _____　　Vous _____

Il _____　　Ils _____

Elle _____　　Elles _____

On _____

ex. : Ton maquillage te rajeunit.

> **Note　注解：**
> · oublier (v.)　忘記
> · tout (n.m.sing)　一切事情、東西

3.　Script　劇情影片　法翻中

Tu rajeunis.　妳變年輕了。　　　　∩ MP3-066

Noé :　　　Tu rajeunis.

Colette :　Mais non, je vieillis et je grossis en ce moment.

Noé :　　　Mais non, ta peau est douce et tes cheveux sont brillants.

Colette :　C'est vrai ? Merci !

　　　　　Je fais beaucoup de sport pour maigrir, c'est peut-être

　　　　　pour ça.

> **Pause-café　聊天室｜**
> **VII. Beauté　美麗（P.138）**

Noé : _____

Colette : _____

Noé : _____

Colette : _____

Notes　注解：

・me (COD直接受詞)　我

・le moment (n.m.)　時候、時刻

　常用片語：En ce moment　目前、此刻、眼下

　　　　　　Un moment, s'il vous plaît.　請等一下。

　　　　　　À ce moment-là, ...　當時，……

・faire **du** sport　做運動（faire **de + le** sport ⇒ faire **du** sport）

・faire beaucoup **de** sport：beaucoup **de**＋nom

　　　　　　　　　　　（de後面直接接名詞，不需加冠詞）

・peut-être (adv.)　也許、可能

Leçon

Ça coûte combien ?

這個多少錢？

---

1. Vocabulaire　單字

1-1 │ Produits cosmétiques　美妝品

produit (n.m.)　產品 –cosmétique (a.)　美妝的 　🎧 MP3-067

le parfum	香精	la crème	乳液
l'eau de parfum	香水 （縮寫：EDP）	la crème pour les mains	護手霜
l'eau de toilette	淡香水 （縮寫：EDT）	le rouge à lèvres	口紅
le déodorant	體香噴霧	le masque	面膜、口罩

Pause-café　聊天室│

VIII. Parfum　香水（P.139）

1-2 | Fruits (n.m.) 水果

MP3-068

la pomme	蘋果	la banane	香蕉
l'abricot (n.m.)	杏桃	l'ananas (n.m.)	鳳梨
le raisin, les raisins	葡萄	la fraise	草莓
la cerise	櫻桃	la framboise	覆盆子
le citron	檸檬	la poire	梨子
l'orange (n.f.)	柳橙	la pêche	桃子
le melon	哈密瓜	la pastèque	西瓜
la figue	無花果	le pamplemousse	葡萄柚
la myrtille	藍莓	la mangue	芒果
le kiwi	奇異果	la mandarine	橘子

1-3 | Chiffres 數字

70 ～ 79 = 60 + ……

MP3-069

70 = soixante-**dix**	75 = soixante-**quinze**
71 = soixante-**et-onze**	76 = soixante-**seize**
72 = soixante-**douze**	77 = soixante-**dix-sept**
73 = soixante-**treize**	78 = soixante-**dix-huit**
74 = soixante-**quatorze**	79 = soixante-**dix-neuf**

$$80 \sim 89 = 4 \times 20 + \cdots\cdots$$

80 = quatre-ving**ts**	85 = quatre-vingt-**cinq**
81 = quatre-vingt-**un**	86 = quatre-vingt-**six**
82 = quatre-vingt-**deux**	87 = quatre-vingt-**sept**
83 = quatre-vingt-**trois**	88 = quatre-vingt-**huit**
84 = quatre-vingt-**quatre**	89 = quatre-vingt-**neuf**

$$90 \sim 99 = 4 \times 20 + \cdots\cdots$$

90 = quatre-vingt-**dix**	95 = quatre-vingt-**quinze**
91 = quatre-vingt-**onze**	96 = quatre-vingt-**seize**
92 = quatre-vingt-**douze**	97 = quatre-vingt-**dix-sept**
93 = quatre-vingt-**treize**	98 = quatre-vingt-**dix-huit**
94 = quatre-vingt-**quatorze**	99 = quatre-vingt-**dix-neuf**

$$100 \sim \qquad\qquad 1000 \sim$$

100 = cent	1000 = mille
101 = cent un	1001 = mille un
102 = cent deux	1002 = mille deux
103 = cent trois	1100 = mille cent
200 = deux cents	2000 = deux mille
201 = deux cent un	2001 = deux mille un
202 = deux cent deux	2002 = deux mille deux

1000 = mille 千	**1 000 000 = un million** 百萬
10 000 = dix mille 萬	10 000 000 = dix millions 千萬
100 000 = cent mille 十萬	100 000 000 = cent millions 億
	1 000 000 000 = un milliard 十億

2. Verbe 動詞

Astuce 文法一點通 |

Je voudrais ... （如果可以的話）我想要……

這是條件式的變化，表示「禮貌性的要求」。

· vouloir（要、想要、願意）　　　　　　　　　　　　⋒ MP3-070

Je veux (Je voudrais)	Nous voulons
Tu veux	Vous voulez
Il veut	Ils veulent
Elle veut	Elles veulent
On veut	

· pouvoir（能、可以）　　　　　　　　　　　　　🎧 MP3-071

Je peux	Nous pouvons
Tu peux	Vous pouvez
Il peut	Ils peuvent
Elle peut	Elles peuvent
On peut	

· acheter（買）　　　　　　　　　　　　　🎧 MP3-072

J'achète	Nous achetons
Tu achètes	Vous achetez
Il achète	Ils achètent
Elle achète	Elles achètent
On achète	

Astuce　文法一點通│

- ça (pron. dém.)　這個、那個（限口語用）
- combien (adv.)　多少
- faire (v.i.)

  在Leçon 2中，faire指天氣：

  Il fait chaud.（天氣很熱。）

  在Leçon 5中，faire指從事某種運動：

  Je fais du vélo.（我在騎腳踏車。）

· voir (v. t. dir.) (看見、看到)　　　　　　　　　　　　∩ MP3-073

Je vois	Nous voyons
Tu vois	Vous voyez
Il voit	Ils voient
Elle voit	Elles voient
On voit	

· se voir（相見、看自己、照鏡子 – 反身動詞）　　　∩ MP3-074

Je me vois	Nous nous voyons
Tu te vois	Vous vous voyez
Il se voit	Ils se voient
Elle se voit	Elles se voient
On se voit	

Note　注解：

· coûter (v.i.)　值（多少錢）

· faire (v.i.)　定價；做；做事（動詞變化請參照P.153）

3. Faire des phrases 句型

3-1 │ Vouloir et pouvoir 「想要」和「能夠」

· 主詞＋ vouloir ＋ nom（名詞）　　……想要某物
· 主詞＋ vouloir ＋ infinitif（不定式）　……想要做某事
· 主詞＋ pouvoir ＋ infinitif（不定式）　……能夠做某事

3-2 │ Demander le prix 詢問價錢

· Combien ça coûte ？　這個（值）多少錢？
= Ça coûte combien ？　（通常用於口語）
= C'est combien ？　（指單價是多少錢？）
≒ Ça fait combien ？　（指總價是多少錢？）

· 正式的詢問價錢的**疑問句**句型，動詞要跟著主詞做變化：
Combien coûte ＋主詞（單數）？　　**（這個……）多少錢？**
Combien coûtent ＋主詞（複數）？　　**（這些……）多少錢？**

Note 注解：

- frais, fraîche (a.) 新鮮的
- délicieux, délicieuse (a.) 美味的
- aider (v.) 幫忙、幫助 （P.086 Astuce）
- une chambre 一間房間
- la glace 鏡子；冰淇淋；玻璃
- chaque（a.indéf.） 每個的
- combien（adv.） 多少
- euro (n.m.) 歐元
  - un euro 一歐元
  - deux euros 兩歐元

3-3 │ Comment on dit en français ? 用法語怎麼說？ 法翻中 ∩ MP3-075

1) Je veux aller au marché ce matin.

_____

2) Christelle et moi voulons acheter des fruits frais qui sont délicieux.

_____

3) Tu peux m'aider, s'il te plaît ?

_____

4) Arthur voit la mer de sa chambre.

_____

5) Je me vois dans la glace.

_____

6) Mon ami et moi, nous nous voyons chaque semaine à la bibliothèque.

_____

7) Ça coûte combien ?

_____

8) Ça coûte 1 euro.

_____

9) Combien coûte ce parfum ?

_____

10) Ce parfum coûte 56 euros.

_____

3-4 │ Essayez de traduire. 小試身手。 中翻法

1) 你要去餐廳嗎？

_____

2) 他們要吃一些櫻桃。

_____

3) 我的兄（弟）會幫助他的朋友們。

_____

4) 我們可以一起做運動。

_____

5) 他們每個週末去看他們的父母。

_____

6) 他們經常星期三在電影院見面。

_____

7) 這個多少錢？

_____

8) 這個兩歐元。

_____

9) 這款乳液多少錢？

_____

10) 這款乳液 15 歐元。

_____

4. Lecture 閱讀 法翻中

4-1 ｜ Soldes 打折季

🎧 MP3-076

Louis : Alice, ce sont les soldes ! On va faire du shopping ce samedi ?

Alice : Oui, pourquoi pas ! Tu veux acheter quelque chose ?

Louis : J'ai envie d'acheter une crème.

Alice : On peut aller chez Sephora au centre-ville. J'ai envie d'un nouveau parfum.

Louis : Parfait. Alors, quand ?

Alice : On se voit à midi ? Nous pouvons d'abord aller manger au restaurant japonais avant de faire les magasins.

Louis : C'est une bonne idée. Alors... samedi midi devant le restaurant ?

Alice : D'accord.

Note 注解：

- les soldes (n.m.pl.) 打折季

  en solde 打折出售

- pourquoi (adv.) 為什麼

- quelque chose (pron.indéfini不定代名詞) 某事、某物

- avoir envie de＋infinitif 渴望（想要）做某事

- avoir envie de＋nom 渴望（想要）某物

- nouveau (adj.) 新的

  nouveau / nouvel / nouvelle

- quand (adv.) 何時

- avant (prép.) 在……之前（指時間的先後）

- avant de＋infinitif 在做某事之前

- devant (prép.) 在……之前（指位置的前後）

Louis : _____

Alice : _____

Louis : _____

Alice : _____

Louis : _____

Alice : _____

Louis : _____

Alice : _____

Questions :

1) Qu'est-ce qu'ils vont faire, Louis et Alice ?

_____

2) Quand ?

_____

3) Qu'est-ce qu'ils vont acheter ?

_____

4-2 | Au marché ! 去市場買菜！　　　　🎧 MP3-077

La Cliente : Bonjour monsieur.

Vendeur :　　Bonjour madame, je peux vous aider ?

Cliente :　　Oui, je voudrais acheter des fruits. Combien coûtent un kilo d'oranges et un kilo de pommes ?

Vendeur :　　Un kilo d'oranges coûte 3 euros et un kilo de pommes coûte 2 euros.

Cliente :　　2 kilos d'oranges et un kilo de pommes. Ça fait combien ?

Vendeur :　　8 euros, s'il vous plaît.

Cliente :　　Les voilà !

Vendeur :　　Merci madame et au revoir.

Cliente :　　Au revoir monsieur.

- 當「madame」和「monsieur」放在句首或作為專有名詞時，第一個字母必須大寫。專有名詞如：Madame MEURIOT。

- aider (v.t.)　幫忙；幫助

  aider＋quelqu'un　幫助某人

- 為避免重複使用相同的直接受詞，我們可以用「直接受詞代名詞」（prénoms compléments directs）」來代替，並置於動詞前。

  Ex.：Je peux aider le professeur. => Je peux l'aider.

　　　　我可以幫忙老師。

直接受詞代名詞：

	單數	複數
第一人稱	me（我）	nous（我們）
第二人稱	te（你、妳）	vous（你們、妳們、您們、您）
第三人稱	le / la（他、她、牠、它）	les（他們、她們、牠們、它們）

附註：le / la / les可代替人、動物及事物

顧客：＿＿＿＿＿＿＿＿＿＿＿＿＿＿＿＿＿＿＿＿＿＿＿＿＿

賣家：＿＿＿＿＿＿＿＿＿＿＿＿＿＿＿＿＿＿＿＿＿＿＿＿＿

顧客：＿＿＿＿＿＿＿＿＿＿＿＿＿＿＿＿＿＿＿＿＿＿＿＿＿

賣家：＿＿＿＿＿＿＿＿＿＿＿＿＿＿＿＿＿＿＿＿＿＿＿＿＿

顧客：＿＿＿＿＿＿＿＿＿＿＿＿＿＿＿＿＿＿＿＿＿＿＿＿＿

賣家：＿＿＿＿＿＿＿＿＿＿＿＿＿＿＿＿＿＿＿＿＿＿＿＿＿

顧客： _____

賣家： _____

顧客： _____

Note 注解：

• devoir (v.) 應該

   je dois   nous devons

   tu dois   vous devez

   il / elle / on doit   ils / elles doivent

• payer (v.) 付款

Questions :

1)   Où sont-ils ?

   _____

2)   Qu'est-ce qu'elle veut acheter, la cliente ?

   _____

3)   Combien doit-elle payer ?

   _____

Leçon

9

J'ai acheté de la viande et des légumes.
我買了一些肉和蔬菜。

1. Vocabulaire 單字

1-1 │ Nourriture (n.f.) 食物

Viande (n.f.) 肉類
🎧 MP3-078

le bœuf	牛肉	le lapin	兔肉
le porc	豬肉	la dinde	火雞肉
le poulet	雞肉	le canard	鴨肉

Fruits de mer 海鮮 –mer (n.f.) 海洋
🎧 MP3-079

le poisson	魚	l'huître	生蠔
le thon	鮪魚	la crevette	蝦
le saumon	鮭魚	la coquille Saint-Jacques	扇貝
la truite	鱒魚	le crabe	螃蟹
la langoustine	明蝦	le homard	螯蝦
les moules (n.f.pl.)	淡菜	la langouste	龍蝦

Légumes (n.m.) 蔬菜

MP3-080

la tomate	蕃茄	la carotte	紅蘿蔔
le chou	高麗菜	le chou chinois	大白菜
la pomme de terre	馬鈴薯	le chou-fleur	（白）花椰菜
le brocoli	（綠）花椰菜	le champignon	香菇
les petits pois (n.m.pl.)	碗豆	les haricots verts (n.m.pl.)	四季豆
le radis	櫻桃白蘿蔔	le navet	圓形白蘿蔔
l'aubergine (n.f.)	茄子	le poireau	大蒜、蒜苗
les épinards (n.m.pl.)	菠菜	la courgette	櫛瓜
le maïs	玉米	la salade	沙拉、生菜
la citrouille	南瓜	le poivron	甜椒
le concombre	黃瓜	l'artichaut (n.m.)	朝鮮薊、洋薊
l'oignon (n.m.)	洋蔥	l'ail (n.m.)	蒜頭
le gingembre	薑	le piment	辣椒

1-2 | Temps (n.m.) 時間

MP3-081

le weekend	週末	le matin	早上
la semaine	星期	le midi	中午
le mois	月	l'après-midi (n.m.)	下午
l'an (n.m.)	年	le soir	晚上
l'année (n.f.)	年	la nuit	夜晚

1-3 │ Indicateurs de temps dans le passé
表達與「過去」有關的時間標示

∩ MP3-082

le passé	過去	hier (adv.)	昨天
dernier, dernière (a.)	最後的、(過去) 最近的	hier matin	昨天早上
le weekend dernier	上個週末	hier midi	昨天中午
la semaine dernière	上星期	hier après-midi	昨天下午
l'an dernier	去年	hier soir	昨天晚上
l'année dernière	去年	la nuit dernière	昨夜

1-4 │ Indicateurs de temps dans le présent
表達與「目前」有關的時間標示

∩ MP3-083

le présent	現在	aujourd'hui (adv.)	今天
ce weekend	這個週末	ce matin	今天早上
cette semaine	這星期	ce midi	今天中午
cette année	今年	cet après-midi	今天下午
cette nuit	今夜	ce soir	今天晚上

90 第9課：我買了一些肉和蔬菜。

2. Grammaire 文法

Passé composé 複合過去式

· 陳述已經過去，而且已經完成的事情。

· 複合過去式在時間軸上的位置：

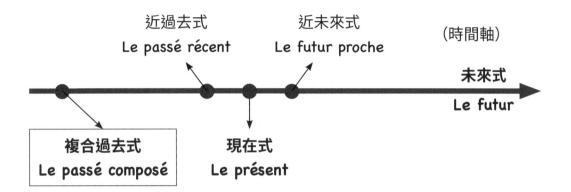

近過去式
Le passé récent

近未來式
Le futur proche

（時間軸）

未來式
Le futur

複合過去式
Le passé composé

現在式
Le présent

· Conjugaison du passé composé 複合過去式的動詞變位：

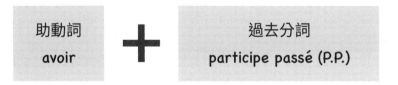

助動詞
avoir

+

過去分詞
participe passé (P.P.)

· Participe passé (p.p.) 過去分詞：

第一類動詞　字尾**-er** => **-é**　　ex.：man**ger** => man**gé**
第二類動詞　字尾**-ir** => **-i**　　ex.：fin**ir** => fin**i**
第三類動詞　（將在第10課討論）

3. Faire des phrases 句型

肯定句：（主詞）＋avoir（助動詞）＋（過去分詞）

否定句：（主詞）＋ne＋avoir（助動詞）＋pas＋（過去分詞）

・manger

🎧 MP3-084

Présent 現在式	Passé composé 複合過去式	Phrase négative 否定句
manger	avoir mangé	ne + avoir + pas mangé
Je mange	J'ai mangé	Je n'ai pas mangé
Tu manges	Tu as mangé	Tu n'as pas mangé
Il mange	Il a mangé	Il n'a pas mangé
Elle mange	Elle a mangé	Elle n'a pas mangé
On mange	On a mangé	On n'a pas mangé
Nous mangeons	Nous avons mangé	Nous n'avons pas mangé
Vous mangez	Vous avez mangé	Vous n'avez pas mangé
Ils mangent	Ils ont mangé	Ils n'ont pas mangé
Elles mangent	Elles ont mangé	Elles n'ont pas mangé

· finir

Présent 現在式	Passé composé 複合過去式	Phrase négative 否定句
finir	avoir fini	ne + avoir + pas fini
Je finis	J'ai fini	Je n'ai pas fini
Tu finis	Tu as fini	Tu n'as pas fini
Il finit	Il a fini	Il n'a pas fini
Elle finit	Elle a fini	Elle n'a pas fini
On finit	On a fini	On n'a pas fini
Nous finissons	Nous avons fini	Nous n'avons pas fini
Vous finissez	Vous avez fini	Vous n'avez pas fini
Ils finissent	Ils ont fini	Ils n'ont pas fini
Elles finissent	Elles ont fini	Elles n'ont pas fini

3-1 │ Comment on dit en français ?　用法語怎麼說？ 法翻中

⌒ MP3-086

1)　J'étudie le français.

_____

2)　J'ai étudié le français.

_____

3)　Camille habite à Paris.

_____

4)　Camille a habité à Paris.

_____

5) Tu grandis.

_____

6) Tu as grandi.

_____

7) J'aime bien le film « Amélie Poulain ».

_____

8) J'ai bien aimé le film « Amélie Poulain ».

_____

9) Quand mangez-vous des huîtres ?

_____

10) Quand avez-vous mangé des huîtres ?

_____

Astuce 文法一點通│

« Quand ... ? »

· Quand＋<u>est-ce que</u>＋**主詞**＋**動詞**？

　Ex.：Quand **est-ce que** tu vas en France ？

　　　　你什麼時候（何時）去法國？

· Quand＋**動詞**＋**主詞**？

　Ex.：Quand **vas-tu** en France ？ 你什麼時候（何時）去法國？

3-2 | Essayez de traduire.　小試身手。中翻法

1) Charlie 在學習西班牙語。

_____

2) Charlie 學習過西班牙語。

_____

3) 他找工作。

_____

4) 他曾找過工作。

_____

5) Pauline 在買蔬菜。

_____

6) Pauline 買了蔬菜。

_____

7) 我在做作業。

_____

8) 我做了作業。

_____

9) 你的姊（妹）什麼時候吃魚？

_____

10) 你的姊（妹）什麼時候吃了魚？

_____

3-3 │ Exercice à trous 填空練習

l'article défini et l'article partitif– 定冠詞與部分冠詞

a. Exemple 舉例，並請翻譯：

1) J'aime **le** café. = _____ （定冠詞代表全部）

2) J'aime boire **du** café = _____ （部分冠詞代表一部分）

b. Exercice 練習：

1) Aimes-tu _____ radis ?

_____

2) Isabelle préfère manger _____ légumes.

_____

3) Les Français mangent _____ huitres en hiver.

_____

4) En France, on peut trouver _____ truite sauvage.

_____

5) Est-ce que tu manges _____ lapin ?

_____

> Note 注解：
> • sauvage (a.) 野生的

1) Qu'est-ce qu'il y a sur cette photo ? (écrivez 5 légumes et / ou fruits)

→ Il y a des _____, des _____, des _____, des _____ et des _____.

2) Qu'est-ce qu'il y a dans cette salade composée（綜合沙拉）?

Il y a du _____,

des _____,

des _____

et de la _____.

Pause-café 聊天室

IX. Régime 控制飲食（P.139）

· Exercice à trous 填空

Ex. : **aujourd'hui / hier**

Hier, j'ai regardé un film. / Aujourd'hui, je travaille au restaurant.

1) **hier soir / ce soir**

    _____, Romane porte une robe.

    _____, Romane a porté une robe noire.

2) **cette année / l'année dernière**

    _____, nous étudions le français.

    _____, nous avons étudié l'anglais.

3) **cette semaine / la semaine dernière**

    _____, Guillaume a mangé au restaurant français.

    _____, Guillaume mange au restaurant allemand.

4) **ce weekend / le weekend dernier**

    _____, Charles et Emma ont joué au foot.

    _____, est-ce que Charles et Emma vont nager ?

5. Lecture 閱讀 法翻中

Ma journée 我的一天   ∩ MP3-087

Je **travaille** le matin. À midi, je **mange** au restaurant indien avec mes amis. Nous **marchons** dans un grand parc. Au cinéma, nous **regardons** un film. Nous avons adoré le film. Au café, je **téléphone** à Pierre. Je **passe** la soirée avec lui. Nous **écoutons** de la musique et nous **dansons**.

_____

_____

_____

_____

_____

· Transformez le texte au passé composé

請把這篇短文改寫成複合過去式：　　　　　　　　🎧 MP3-088

Je _____ _____ matin.

À midi, je _____ au restaurant indien avec mes amis.

Nous _____ dans un grand parc.

Au cinéma, nous _____ un film. Nous avons adoré le film.

Au café, je _____ à Pierre.

Nous _____ la soirée avec lui.

Nous _____ de la musique et nous _____.

Note　注解：

· porter (v.)　穿、佩戴

· marcher (v.)　行走、走路

· téléphoner à quelqu'un　打電話給某人

· une robe　洋裝

10

J'ai pris mon petit déjeuner.
我吃過早餐了。

1. Vocabulaire 單字

Les repas　餐 / un repas　一餐

1-1 ｜ Petit déjeuner (n.m.)　早餐　　　　　　　∩ MP3-089

la baguette	法國長棍麵包	la confiture	果醬
le pain	麵包	le beurre	奶油
le pain au chocolat	巧克力麵包	un œuf, des œufs	一顆蛋，一些蛋
le pain de mie	吐司	le chocolat	巧克力、熱巧克力
la tartine	塗有奶油的麵包片	le café	咖啡
le croissant	牛角麵包、可頌	le lait	牛奶
le biscuit	餅乾	le jus d'orange	柳橙汁
les céréales (n.f.pl.)	穀（物）片	le jus de pomme	蘋果汁

1-2 | Déjeuner (n.m.) ou dîner (n.m.)　午餐或是晚餐

le menu	菜單	la pizza	披薩
l'entrée (n.f.)	前菜	la quiche	鹹派
le plat	主菜	la sauce	醬
le hamburger	漢堡	le jambon	火腿
le sandwich	三明治	l'accompagnement (n.m.)	配菜、陪伴
le steak	牛排	la soupe	湯
le steak haché	碎牛肉排	le dessert	甜點
les pâtes (n.f.pl.)	麵	le chou à la crème	泡芙
les spaghettis (n.m.pl.)	義大利麵	la tarte	甜派、塔
le riz	米飯	le gâteau	蛋糕

1-3 | Apéritif (n.m.) = Apéro　餐前酒

un verre de vin blanc	一杯白酒	du fromage	乳酪
de la bière	啤酒	des cacahouètes (n.f.)	花生
de l'alcool (n.m.)	酒	des fruits secs (n.m.)	果乾
de la charcuterie	熟肉（醬）片（冷盤）	du saucisson	香腸

1-4 | Goûts (n.m.) 口味

amer, amère	苦的	sucré, sucrée	甜的
acide, acide	酸的	salé, salée	鹹的
fort, forte	味道重的 （包括辣的）	épicé, épicée	辛辣的

> Pause-café 聊天室 |
>
> X. Apéritif (Apéro) 開胃酒（P.140）

2. Grammaire 文法

2-1 | Formes du participe passé des verbes du 3ᵉ groupe
第三類動詞過去分詞的形式

∩ MP3-093

Infinitif 不定式	Participe Passé 過去分詞	中文
p.p. en « -is »		
prendre	pris	拿、選取、吃、搭乘、 穿戴、買
apprendre	appris	學習、得知
comprendre	compris	理解
mettre	mis	放、放在
p.p. en « -it »		
dire	dit	說
écrire	écrit	寫

conduire	conduit	駕駛
traduire	traduit	翻譯
séduire	séduit	誘惑、迷惑
p.p. en « -u »		
vouloir	voulu	想要
pouvoir	pu	能夠
boire	bu	喝
lire	lu	閱讀
voir	vu	看見
connaître	connu	認識、懂得、熟悉
attendre	attendu	等
entendre	entendu	聽見
répondre	répondu	回答
recevoir	reçu	收到
courir	couru	跑步
devoir	dû	應該
perdre	perdu	失去、遺失
savoir	su	知道
p.p. en « -i »		
réussir	réussi	成功、取得成績（成果）
dormir	dormi	睡覺
choisir	choisi	選擇
nourrir	nourri	餵養、撫養、培養

rire	ri	笑
sourire	souri	微笑
p.p. en « -ert »		
ouvrir	ouvert	打開
offrir	offert	贈送、提供
souffrir	souffert	忍受、容忍
autres　其他		
avoir	eu	有
faire	fait	做、從事（工作）
plaire	plu	使人喜歡

3. Faire des phrases 句型

複合過去式的肯定句與疑問句：

- **Sujet**（主詞）＋**auxiliaire**（助動詞）＋**participe passé**（過去分詞）＋**complément**（補語）.
- **Auxiliaire**（助動詞）–**Sujet**（主詞）＋**participe passé**（過去分詞）＋**complément**（補語）？

3-1 ｜ Comment on dit en français？ 用法語怎麼說？ 法翻中

🎧 MP3-094

1) Avez-vous pris votre petit déjeuner ?

_____

_____

2) Oui, j'ai pris mon petit déjeuner.

_____

3) Vous avez bu du café ?

_____

4) Oui, j'ai bu deux cafés ce matin !

_____

5) Ils ont lu le menu du restaurant et choisi le plat du jour.

_____

6) J'ai appris le français à l'école.

_____

7) Qu'est-ce que vous avez écrit ?

_____

8) Madame, j'ai répondu « Oui ».

_____

9) As-tu bien dormi ?

_____

10) Oui, j'ai bien dormi.

_____

11) Avez-vous réussi votre examen ?

_____

12) Oui, j'ai bien réussi.

_____

13) J'ai fait ma première manifestation à 18 ans.

_____

14) Hier, Air France a fait la grève.

_____

15) Ça m'a plu.

_____

Pause-café 聊天室｜
XI. Manifestations et grèves　遊行與罷工（P.140）

Note　注解：
- la manifestation (n.f.)　遊行
- la grève (n.f.)　罷工
- Air France (nom propre)
  法國航空
- le plat du jour　今日特餐
- un examen　考試
- une lettre　一封信
- un mail　電子郵件

3-2 ｜ Essayez de traduire.　小試身手。中翻法

1) 你說什麼？

_____

2) 我看到長棍麵包了！

_____

3) 為了晚餐，我等了一小時。

_____

4) 我應該喝杯咖啡的。

_____

5) 你喝白葡萄酒了嗎？

_____

6) 喝了，我很喜歡。

_____

7) 昨天，我收到一封家裡的來信。

_____

8) 今早，我媽媽做了可頌當早餐。

_____

9) 她把你的電話放在你包包裡了。

_____

10) 你們（您）聽懂了嗎？

_____

11) 懂了，我聽懂了。

_____

12) 抱歉，我沒聽懂。

_____

13) 我聽到了！

_____

14) 你有收到我的郵件嗎？

_____

15) 你什麼時候吃早餐的？

_____

4. Exercice 練習

a. Question / réponse 問答題

· Qu'est-ce que les Français mangent le matin ?

· Le matin, les Français mangent _____

_____

· Qu'est-ce que vous avez envie de prendre au petit déjeuner ?

_____

_____

Note 注解：
· un Saint-Nectaire 一種乾酪名稱
· les pâtes polonaises (n.f.pl.) 番茄肉醬義大利麵
· un yaourt 優格、酸奶

· Vous préférez le menu de quel jour ? Pourquoi ?

MENU
Du 3 au 7 mai

Lundi	Mardi	Mercredi	Jeudi	Vendredi
Salade de tomates · Bœuf à la sauce italienne · Pomme de terre · Petits suisses	Crêpe au fromage · Jambon · Haricots verts · Saint-Nectaire	Salade verte · Poulet · Légumes · Yaourt	Soupe de courgette froide · Pâtes Bolognaises · Tarte aux pommes	Salade de pommes de terre · Colin · Riz et courgettes · Yaourt

b. Transformez les phrases ci-dessous au passé composé. 請把下列句子改成複合過去式。

Hier matin, je _____(courir) dans le parc et je _____(perdre) mon téléphone. Je _____ (chercher) partout dans le parc et je _____ (ne pas retrouver) mon portable. Je suis rentré(e) _____(rentrer) chez moi et je _____(prendre) ma voiture pour aller à la police.

昨天早上，我在公園裡跑步，把手機給弄丟了。我在公園裡到處找，還是沒找到（我的手機）。我回到家，開了車去警察局。

Astuce 文法一點通｜

rentrer (v.) 回來、回去

屬於「位移動詞」，助動詞必須使用être。（請看「Leçon 12」P.123）

5. Script 影片劇本 法翻中

J'ai pris un bon petit déjeuner. 我吃了一份很棒的早餐。

🎧 MP3-095

Pauline : Bonjour, Jules !

Jules : Bonjour, Pauline !

Pauline : Tu vas bien ?

Jules : Oui, je vais bien. J'ai pris un bon petit déjeuner.

Pauline : Qu'est-ce que tu as mangé ?

Jules : J'ai pris un café au lait, un croissant et un pain au chocolat.

Pauline : Ça va, ce n'est pas beaucoup non plus.

Jules : Mais d'habitude, je ne mange pas le matin.

Pauline : Ce n'est pas bien...

Jules : Oui, je sais.

Note 注解：

- non plus 也不

- d'habitude（loc.adv.）　習慣上、一般來說

Pauline : _____

Jules : _____

Pauline : _____

Jules : _____

Pauline : _____

Jules : _____

Pauline : _____

Jules : _____

Paule : _____

Jules : _____

Leçon

11

Je me lève à six heures tous les jours.

我每天六點起床。

---

1. Vocabulaire 單字

Verbes pronominaux 反身動詞

MP3-096

Verbes pronominaux 反身動詞		Verbes transitifs (v.t.) 及物動詞	
se réveiller	（自己）醒來	réveiller	叫醒
se lever	（自己）起來	lever	抬起、舉起
se laver	（自己）洗澡	laver	洗
se brosser les dents	（自己）刷牙	brosser	刷
se doucher	（自己）淋浴	doucher	給……淋浴
se maquiller	（自己）化妝	maquiller	替……化妝
s'habiller	（自己）穿衣服	habiller	幫……穿衣服
se parfumer	（自己）噴香水	parfumer	噴香水
se raser	（自己）刮鬍子	raser	剃、刮
se coucher	（自己）躺到床上、睡覺	coucher	使……躺下
se reposer	（自己）休息	reposer	把……靠在
se promener	（自己）散步	promener	帶……散步

2. Grammaire 文法

Verbes pronominaux　反身動詞

· Les verbes pronominaux　反身動詞：做在自己身上的動作
　（verbes pronominaux réfléchis　自反代動詞）。

laver (v.t.) 洗：**Je**　lave　<u>mon chien</u>.　我洗我的狗。
　　　　　　　主詞　　　　　直接受詞
se laver (v. pr.) （給自己）洗：**Je**　　　**me**　　　lave.　我洗澡。
　　　　　　　　　　　　　　主詞　直接受詞

當「主詞」和「直接受詞」是同一個的時候，就用反身動詞。

· 反身動詞的規則：主詞後的直接受詞變化成「自反人稱代詞」
　後，再放至動詞前。

Ex. 1 : Les Français se lavent les matins.

_____

　　　Il lave sa voiture.

_____

Ex. 2 : Mon père se réveille à 5 heures du matin.

_____

　　　C'est l'heure, je vais réveiller Paul !

_____

Exemple :

反身動詞

Ex. : se laver

Je	me	lave	Nous	nous	lavons
Tu	te	laves	Vous	vous	lavez
Il			Ils		
Elle	se	lave	Elles	se	lavent
On					

· Tableau des pronoms personnels réfléchis (Pron. Pers. Réflé.)

自反人稱代詞表：

Je **me** ...
Tu **te** ...
Il / elle / on **se** ...
Nous **nous** ...
Vous **vous** ...
Ils / Elles **se** ...

用在近未來式及近過去式時：

→ **futur proche = aller ＋反身原形動詞（自反人稱代詞要與主詞一致）**

ex. : **Je** vais **me** laver.　我要去洗澡了。

> Pause-café 聊天室 │
>
> XII. Journée 白天（P.141）
>
> XIII. C'est la routine
>
> 　這就是日常（P.141）

→ **passé récent = venir de ＋反身原形動詞（自反人稱代詞**

要與主詞一致）

　ex. : **Je** viens de **me** laver.　我剛洗完澡。

3.　Faire des phrases　句型

3-1 │ Comment on dit en français ?　用法語怎麼說？ 法翻中

∩ MP3-097

1)　Elle se parfume tous les matins.

_____

2)　Si tu as sommeil, tu peux aller te coucher.

_____

3)　Je suis fatigué, j'ai besoin de me reposer.

_____

4)　Faut-il se doucher tout de suite après le sport ?

_____

5)　Je dois sortir, je vais m'habiller.

_____

6)　D'habitude, on se brosse les dents avant de dormir.

_____

7) Comment doit-on habiller un bébé ?

_____

8) Après le dîner, on se promène.

_____

9) Mon père promène mon chien tous les jours.

_____

10) Pourquoi les femmes se maquillent-elles ?

_____

Note 注解：

- 一直會重複的動作用「現在式」：d'habitude（習慣上）, tous les dimanches（每週日）, tous les samedis（每週六）。
- si (conj.) 如果
- avoir sommeil 想睡覺、有睡意
- avoir faim 餓了
- avoir soif 渴了
- avoir froid 感覺冷
- avoir chaud 感覺熱
- tout de suite (loc.adv.) 馬上、立刻
- Il faut＋不定式動詞 ⇒ Faut-il＋不定式動詞？（疑問句）
  必須、應該、應當……
- sortir (v.) 出去、出門、外出
- un bébé 嬰兒
- un chien 狗
- une femme 女人
- un homme 男人
- un mariage 婚禮

3-2 | Essayez de traduire. 小試身手。 中翻法

1) 我的媽媽每天早上六點起床。

_____

2) 如果你餓了，你可以去吃飯。

_____

3) 我渴了，我需要喝水。

_____

4) 吃飯前一定要洗手嗎？

_____

5) 我的朋友（女性）剛換穿好衣服，我們現在可以出門了。

_____

6) 我們通常在飯後刷牙。

_____

7) 去（參加）婚禮，我們該怎麼穿？

_____

8) 莉莉每天晚上洗澡。

_____

9) 我每週六幫我的狗狗洗澡。

_____

10) 男人為什麼要刮鬍子？

_____

La routine 我的日常

Je m'appelle Cécile et je suis une étudiante française. Je me réveille à 6h du matin tous les jours. Je fais du yoga dans mon lit. Je me lève à 6h30. Je prends mon petit déjeuner. Je me douche à 7h. Je m'habille, je me maquille, je me parfume et je quitte la maison à 8h. Je travaille à l'école toute la journée et je rentre à la maison à 18h. Je me repose, je me promène avec mon chien jusqu'à 19h30. Je dîne à 20h. Je fais mes devoirs de 21h à 23h. Je me couche à 23h. Voilà ma journée !

Note 注解：
- la routine (n.f.) 例行公事
- l'habitude (n.f.) 習慣
- les habitudes (n.pl.) 慣例
- tous, toutes (pl.) 每……、每隔……（後接定冠詞）
- tous les jours 每天
- tous les deux jours 每兩天
- quitter la maison 出門
- rentrer (v.) 回來、回去
- le devoir (n.m.) 責任、義務、（學生的）作業
- devoir (v.) 應該
- dîner (v.i.) 吃晚餐
- la maison 家、房屋
- voilà (prép.) 那是（那就是）；這是（這就是）

_____

_____

_____

_____

_____

_____

_____

Questions :

1)   À quelle heure se réveille Cécile ?

_____

2)   Qu'est-ce qu'elle fait dans le lit ?

_____

3)   Quand est-ce qu'elle prend une douche ?

_____

Leçon

12

Hier matin, je suis arrivé à l'école à huit heures.

昨天早上我八點到學校。

---

1. Vocabulaire 單字

1-1 │ Verbes avec un changement de lieu 位移動詞 ∩ MP3-099

Verbe 動詞	p.p. 過去式分詞 (可當 形容詞)	中文	Verbe 動詞	p.p. 過去式分詞 (可當 形容詞)	中文
	p.p. en « -é »			p.p. en « -u »	
entrer	entré	進去	descendre	descendu	下去
rentrer	rentré	回來、回去	venir	venu	來
passer	passé	經過	revenir	revenu	回來
retourner	retourné	回去	parvenir	parvenu	傳到、抵達
monter	monté	爬上	devenir	devenu	變成
remonter	remonté	再爬上	apparaître	apparu	出現
arriver	arrivé	抵達			
aller	allé	去		p.p. en « -i »	
décéder	décédé	死去、逝世	partir	parti	離開

Verbe 動詞	p.p. 過去式分詞 （可當 形容詞）	中文	Verbe 動詞	p.p. 過去式分詞 （可當 形容詞）	中文
rester	resté	停留	sortir	sorti	出去
tomber	tombé	跌倒	**autres** 其他		
			naître	né	出生
			mourir	mort	死去

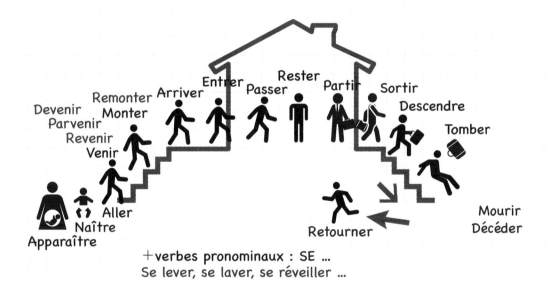

+verbes pronominaux : SE ...
Se lever, se laver, se réveiller ...

Verbes qui se conjuguent avec l'auxiliaire être au passé composé

上述這些動詞，複合過去式時用 être 當助動詞

l'eau minérale (n.f.)	礦泉水	la citronnade	檸檬（氣泡）水
l'eau gazeuse (n.f.)	（礦泉）氣泡水	le jus de fruits	果汁
le coca cola	可口可樂	le jus d'orange	柳橙汁
le soda	汽水	le chocolat chaud	熱巧克力
le thé noir	紅茶	le café	咖啡
le thé vert	綠茶	le café noir	黑咖啡
le thé au lait	鮮奶茶	le café au lait	拿鐵咖啡
le lait	牛奶	l'expresso (n.m.)	濃縮咖啡
l'alcool (n.m.)	酒	le cocktail	雞尾酒
la bière	啤酒	le Bubble Tea	珍珠奶茶

1-3 ｜ Produits laitiers　奶製品

　　＝ produit (n.m.) 產品＋ laitier (a.) 奶製的　🎧MP3-101

le beurre	奶油	la crème	鮮奶油
la glace	冰淇淋	la crème Chantilly	香緹鮮奶油
le yaourt	優格	le fromage	乳酪

2. Grammaire 文法

Passé composé II 複合過去式 II

∩ MP3-102

在複合過去式中，「位移動詞」與「反身動詞」的助動詞必須使用 être，而且過去分詞（participe passé）要隨著主詞做陰陽性及單複數的變化。

位移動詞的複合過去式：

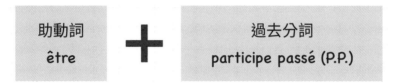

Arriver 抵達

Je suis arrivé(e).	Nous sommes arrivé(e)s.
Tu es arrivé(e).	Vous êtes arrivé(e)(s).
Il est arrivé.	Ils sont arrivés.
Elle est arrivée.	Elles sont arrivées.
On est arrivé.	

反身動詞的複合過去式：

Se lever （自己）起來

🎧 MP3-103

Je me suis levé(e).	Nous nous sommes levé(e)s.
Tu t'es levé(e).	Vous vous êtes levé(e)(s).
Il s'est levé.	Ils se sont levés.
Elle s'est levée.	Elles se sont levées.
On s'est levé.	

· Exercice　練習

Conjuguez les verbes au passé composé

請將動詞變化為複合過去式：

se reposer	
Présent	**Passé composé**
Je me repose.	Je _____
Tu te reposes.	Tu _____
Il se repose.	Il _____
Elle se repose.	Elle _____
On se repose.	On _____
Nous nous reposons.	Nous _____
Vous vous reposez.	Vous _____
Ils se reposent.	Ils _____
Elles se reposent.	Elles _____

sortir	
Présent	**Passé composé**
Je sors.	Je _____
Tu sors.	Tu _____
Il sort.	Il _____
Elle sort.	Elle _____
On sort.	On _____
Nous sortons.	Nous _____
Vous sortez.	Vous _____
Ils sortent.	Ils _____
Elles sortent.	Elles _____

3. Faire des phrases 句型

3-1 │ Comment on dit en français ? 用法語怎麼說？ 法翻中

🎧 MP3-104

1) Je suis descendu pour boire un café !

_____

2) Nous sommes venus pour prendre un chocolat chaud.

_____

3) Vous êtes arrivés à l'heure. À Table !

_____

4) Elle est passée.

_____

5) Il ne fait pas beau, nous sommes restés à la maison.

_____

6) Il adore la bière, mais je préfère le vin.

_____

7) Les vins français sont très connus.

_____

8) J'ajoute toujours de la crème et du sucre dans mon café.

_____

9) Est-ce que tu bois du jus de fruits le matin ?

_____

10) Les Français boivent de l'eau minérale dans les restaurants.

_____

Astuce 文法一點通 🎧 MP3-105

Participe Passé (p.p.) 過去分詞：可當形容詞，須依主詞做陰陽性及單複數變化。

Ex. : Les vins français sont très connus. 法國葡萄酒都很有名。

Ex. : La porte est ouverte, mais les fenêtres sont fermées.
門是開著的，但是窗戶是關著的。

• ouvrir (v.), ouvert (p.p.) 打開（的）
• fermer (v.), fermé (p.p.) 關著（的）

3-2 │ Essayez de traduire. 小試身手。 中翻法

1) 他上去了，為了拿本書。

2) 我們來吃飯的。

_____

3) 她離開的正是時候，下雨了。

_____

4) 她們都出去了。

_____

5) 天氣很好，我們出門了！

_____

6) 你們喜歡咖啡，但我比較喜歡茶。

_____

7) 台灣珍珠奶茶很有名。

_____

8) 英國人喝茶的時候都加糖。

_____

9) 他們每天早上都喝柳橙汁。

_____

10) 中國人吃飯時喝茶。

_____

Note 注解：

· à l'heure (loc.adv.) 正好、及時

· À table 入席用餐；吃飯了！

· connu, connue (a.) 有名的

· ajouter (v.) 加、增加   · le sucre 糖

· boire (v.) 喝（第三類動詞）

Je bois	Nous buvons
Tu bois	Vous buvez
Il / Elle / On boit	Ils / Elles boivent

4. Exercice 練習

a. Conjuguez les phrases au passé composé

請把下列句子改成複合過去式

Ex. : D'habitude, je me lève à 8h. →

Hier matin, je me suis levé(e) à 8h.

1) D'habitude, le bus arrive à 17h. →

Hier soir, _____

2) D'habitude, le professeur sort à 8h30. →

Ce matin, _____

3) D'habitude, elles restent jusqu'à 18h. →

Hier, _____

4) Tous les samedis, nous partons au parc à 8h et rentrons à 10h. →

Samedi dernier, _____

5) Tous les dimanches, ils se promènent au coucher du soleil. →

Dimanche dernier, _____

b. Conjuguez les verbes au passé composé

請填寫複合過去式

1) Le bus _____ (arriver) à 8h et il _____ (partir) à 8h10.

2) Elle _____ (arriver) à l'école hier matin à 10h et elle _____ (repartir) à la maison vers midi.

3) Louis _____ (rentrer) par la porte de devant et il
_____ (sortir) par la porte de derrière.

4) L'ascenseur _____ (monter) au 101er étage et il
_____ (redescendre) au rez-de-chaussée.

Note 注解：

- au coucher de soleil 黃昏、日落（時）

- vers (prép.) 接近；朝、向

- la porte 門

- la montagne 山

- un oiseau, des oiseaux 鳥

- le chant 歌

- l'ascenseur (n.m.) 電梯

- le rez-de-chaussée (n.m.) 一樓

Pause-café 聊天室 |

XIV. Dans l'ascenseur 在電梯裡（P.141）

c. Test 測驗

Complétez les trous avec être ou avoir

請填入助動詞 être 或是 avoir

Dimanche dernier, je _____ allée à la montagne avec ma grande
sœur. Nous _____ beaucoup marché. Nous _____ vu beaucoup
d'oiseaux, nous _____ entendu leur chant. Quand nous

_____ descendues, nous _____ rentrées tout de suite à la maison. Je me _____ lavée, j____ mangé et je _____ allée dormir tout de suite. J____ très bien dormi !

_____

_____

_____

_____

_____

_____

5. Lecture 閱讀 法翻中

5-1 ｜ Emma arrive à l'école.　艾瑪到校。　　　🎧 MP3-106

Emma arrive à l'école à 7h50. Elle entre par la porte du Lycée. Et avant d'aller en classe, elle passe par la salle des professeurs pour aider son professeur d'anglais à porter des copies. Ils arrivent ensemble en classe à 8h et les cours commencent à l'heure.

_____

_____

_____

_____

Transformez le texte au passé composé.

請將文章改成複合過去式。

Hier, Emma _____

_____

_____

_____

> **Note 注解：**
>
> • **en classe** 在課堂上
>
> • **aller en classe** 去上課
>
> • **une copie, des copies** 複本；學生的作業
>
> • **commencer (v.)** 開始、著手

5-2 │ Conversation entre une famille française et un étudiant étranger

一位外國學生與法國家庭的對話　　🎧 MP3-107

Le petit déjeuner 早餐

Maman :　　Qu'est-ce que tu aimes manger le matin ?

L'étudiant : Je veux manger à la française !

Maman :　　C'est très bien , alors tu peux choisir comme boisson chaude un café, un thé ou un chocolat, et comme boisson froide, un jus de fruits frais.

L'étudiant : J'aime le café avec un peu de lait, c'est possible ? Et, qu'est-ce que je peux manger ?

Maman :　　En France, le matin, on aime le pain avec du beurre et de la confiture.

L'étudiant :　Et les croissants ?

Maman :　　Oui, on mange quelquefois des croissants les weekends.

L'étudiant :　Je veux m'habituer le plus vite possible à la culture française !

（寄宿家庭的）媽媽：_____

學生：_____

（寄宿家庭的）媽媽：_____

_____

學生：_____

（寄宿家庭的）媽媽：_____

學生：_____

（寄宿家庭的）媽媽：_____

學生：_____

Note 注解：

- quelquefois (adv.) 有時
- s'habituer à... 習慣於……
- à la française (loc.adv.) 法國式的
- un peu de lait 一些牛奶
- un peu de＋名詞（不用冠詞） 一些……
- possible (a.) 可能的
- le plus vite possible 儘快

  le plus… 最……［定冠詞＋plus］

Pause-café 聊天室

🎧 MP3-108

I. Symboles de la France 法國的象徵

· Drapeau 國旗

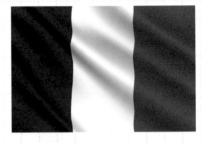

· Devise nationale 國家格言：

Liberté-Égalité-Fraternité
自由、平等、博愛

· Hymne national 國歌：

La Marseillaise 馬賽曲

· Coq gaulois 高盧雄雞

II. Météo 天氣

· Pour commencer une conversation avec les Français, c'est bien de parler de la météo du jour.
要與法國人打開話匣子，從天氣說起是個好的開頭。

· Après la pluie, le beau temps. 雨過天晴。（諺語）

III. Champs-Élysées 香榭麗舍大道

· Le deuxième nom de l'avenue des Champs-Élysées est « la plus belle avenue du monde ».
香榭麗舍大道的第二個名稱為「全世界最美麗的大道」。

IV. Musée d'Orsay　奧賽博物館

· Le Musée d'Orsay était une gare.　奧賽博物館原本是一個火車站。

· Ces deux tableaux de Van Gogh sont au Musée d'Orsay
梵谷的這兩幅畫在奧賽博物館：

La Nuit étoilée (1888)　　　　La Nuit étoilée (1889)
隆河上的星夜　　　　　　　　　星夜

· Place de la Concorde 　協和廣場

La Place de la Concorde s'appelait « la Place de Louis XV » au 18e siècle.
協和廣場在 18 世紀時稱為「路易十五廣場」。

V. Conservatoire 　音樂舞蹈學院

· Une ville, un conservatoire. 　一座城市，一所音樂舞蹈學院。

VI. Jardinage et bricolage　做園藝和手工藝

· Le jardinage et le bricolage sont les loisirs préférés des Français.
　做園藝和手工藝是法國人偏愛的休閒活動。

VII. Beauté　美麗

· Les femmes réalisent la beauté sans la comprendre.
　- Marcel Proust
　女人在不了解美麗的情況下，就體現了美麗。– 馬塞爾·普魯斯特

馬塞爾 · 普魯斯特

VIII. Parfum　香水

· Voyez-vous, un parfum éveille la pensée. « A une jeune femme »
  - Poème Victor Hugo
  您（們）看，香味能讓思想甦醒。《給一個年輕的女人》－雨果的詩

雨果

IX. Régime　控制飲食

· Les Français mangent de la salade et des yaourts quand ils font
  un régime.
  法國人在減肥時會吃沙拉和優格。

X. Apéritif (Apéro) 開胃酒

· L'apéritif, c'est après le travail et avant le dîner.
開胃酒，在下班後及晚餐前品嚐。

· L'apéritif, savoir-vivre à la française. 開胃酒，法式的生活藝術。

XI. Manifestations et grèves 遊行與罷工

· Pour les Français, les manifestations et les grèves font partie des droits de l'homme.
對法國人而言，遊行與罷工都是人權的一部分。

Strasbourg, France 法國 · 史特拉斯堡 – 12/08/2018

XII. Journée 白天

· En France, la journée est très longue en été. Il fait nuit entre 19 et 20 heures.

在法國，夏季的白天很長。晚上 7 點到 8 點才天黑。

XIII. Métro, boulot, dodo, c'est la routine.

地鐵、工作、睡覺覺，這就是日常。

XIV. Dans l'ascenseur　在電梯裡

· Dans l'ascenseur, on commence par zéro.　在電梯裡，從零開始！

Annexe 附錄

Tableaux de conjugaisons
動詞變化表

> **Note 注解：**
>
> 黑色：一般動詞，複合過去式的助動詞用 avoir。
>
> 紅色：位移動詞，複合過去式的助動詞用 être。
>
> 灰色：反身動詞，現在式與複合過去式變化皆有自反人稱代詞。
>
> 複合過去式的助動詞用 être。.

Présent 現在式		Passé composé 複合過去式	
avoir		avoir eu	
j'ai	nous avons	j'ai eu	nous avons eu
tu as	vous avez	tu as eu	vous avez eu
il a	ils ont	il a eu	ils ont eu
elle a	elles ont	elle a eu	elles ont eu
on a		on a eu	

Présent 現在式		Passé composé 複合過去式	
acheter		avoir acheté	
j'achète	nous achetons	j'ai acheté	nous avons acheté
tu achètes	vous achetez	tu as acheté	vous avez acheté
il achète	ils achètent	il a acheté	ils ont acheté
elle achète	elles achètent	elle a acheté	elles ont acheté
on achète		on a acheté	

Présent 現在式		Passé composé 複合過去式	
adorer		avoir adoré	
j'adore	nous adorons	j'ai adoré	nous avons adoré
tu adores	vous adorez	tu as adoré	vous avez adoré
il adore	ils adorent	il a adoré	ils ont adoré
elle adore	elles adorent	elle a adoré	elles ont adoré
on adore		on a adoré	

Présent 現在式		Passé composé 複合過去式	
aider		avoir aidé	
j'aide	nous aidons	j'ai aidé	nous avons aidé
tu aides	vous aidez	tu as aidé	vous avez aidé
il aide	ils aident	il a aidé	ils ont aidé
elle aide	elles aident	elle a aidé	elles ont aidé
on aide		on a aidé	

Présent 現在式		Passé composé 複合過去式	
aimer		avoir aimé	
j'aime	nous aimons	j'ai aimé	nous avons aimé
tu aimes	vous aimez	tu as aimé	vous avez aimé
il aime	ils aiment	il a aimé	ils ont aimé
elle aime	elles aiment	elle a aimé	elles ont aimé
on aime		on a aimé	

Présent 現在式		Passé composé 複合過去式	
ajouter		avoir ajouté	
j'ajoute	nous ajoutons	j'ai ajouté	nous avons ajouté
tu ajoutes	vous ajoutez	tu as ajouté	vous avez ajouté
il ajoute	ils ajoutent	il a ajouté	ils ont ajouté
elle ajoute	elles ajoutent	elle a ajouté	elles ont ajouté
on ajoute		on a ajouté	

Présent 現在式		Passé composé 複合過去式	
aller		être allé(e)(s)	
je vais	nous allons	je suis allé(e)	nous sommes allé(e)s
tu vas	vous allez	tu es allé(e)	vous êtes allé(e)(s)
il va	ils vont	il est allé	ils sont allés
elle va	elles vont	elle est allée	elles sont allées
on va		on est allé	

Présent 現在式		Passé composé 複合過去式	
apparaître		être apparu(e)(s)	
j'apparais	nous apparaissons	je suis apparu(e)	nous sommes apparu(e)s
tu apparais	vous apparaissez	tu es apparu(e)	vous êtes apparu(e)(s)
il apparaît	ils apparaissent	il est apparu	ils sont apparus
elle apparaît	elles apparaissent	elle est apparue	elles sont apparues
on apparaît		on est apparu	

Présent 現在式		Passé composé 複合過去式	
apprendre		avoir appris	
j'apprends	nous apprenons	j'ai appris	nous avons appris
tu apprends	vous apprenez	tu as appris	vous avez appris
il apprend	ils apprennent	il a appris	ils ont appris
elle apprend	elles apprennent	elle a appris	elles ont appris
on apprend		on a appris	

Présent 現在式		Passé composé 複合過去式	
arriver		être arrivé(e)(s)	
j'arrive	nous arrivons	je suis arrivé(e)	nous sommes arrivé(e)s
tu arrives	vous arrivez	tu es arrivé(e)	vous êtes arrivé(e)(s)
il arrive	ils arrivent	il est arrivé	ils sont arrivés
elle arrive	elles arrivent	elle est arrivée	elles sont arrivées
on arrive		on est arrivé	

Présent 現在式		Passé composé 複合過去式	
attendre		avoir attendu	
j'attends	nous attendons	j'ai attendu	nous avons attendu
tu attends	vous attendez	tu as attendu	vous avez attendu
il attend	ils attendent	il a attendu	ils ont attendu
elle attend	elles attendent	elle a attendu	elles ont attendu
on attend		on a attendu	

Présent 現在式		Passé composé 複合過去式	
boire		avoir bu	
je bois	nous buvons	j'ai bu	nous avons bu
tu bois	vous buvez	tu as bu	vous avez bu
il boit	ils boivent	il a bu	ils ont bu
elle boit	elles boivent	elle a bu	elles ont bu
on boit		on a bu	

Présent 現在式		Passé composé 複合過去式	
bricoler		avoir bricolé	
je bricole	nous bricolons	j'ai bricolé	nous avons bricolé
tu bricoles	vous bricolez	tu as bricolé	vous avez bricolé
il bricole	ils bricolent	il a bricolé	ils ont bricolé
elle bricole	elles bricolent	elle a bricolé	elles ont bricolé
on bricole		on a bricolé	

Présent 現在式		Passé composé 複合過去式	
brosser		avoir brossé	
je brosse	nous brossons	j'ai brossé	nous avons brossé
tu brosses	vous brossez	tu as brossé	vous avez brossé
il brosse	ils brossent	il a brossé	ils ont brossé
elle brosse	elles brossent	elle a brossé	elles ont brossé
on brosse		on a brossé	

Présent 現在式		Passé composé 複合過去式	
se brosser		se + être + brossé(e)(s)	
je me brosse	nous nous brossons	je me suis brossé(e)	nous nous sommes brossé(e)s
tu te brosses	vous vous brossez	tu t'es brossé(e)	vous vous êtes brossé(e)(s)
il se brosse	ils se brossent	il s'est brossé	ils se sont brossés
elle se brosse	elles se brossent	elle s'est brossée	elles se sont brossées
on se brosse		on s'est brossé	

Présent 現在式		Passé composé 複合過去式	
chanter		avoir chanté	
je chante	nous chantons	j'ai chanté	nous avons chanté
tu chantes	vous chantez	tu as chanté	vous avez chanté
il chante	ils chantent	il a chanté	ils ont chanté
elle chante	elles chantent	elle a chanté	elles ont chanté
on chante		on a chanté	

Présent 現在式		Passé composé 複合過去式	
chercher		avoir cherché	
je cherche	nous cherchons	j'ai cherché	nous avons cherché
tu cherches	vous cherchez	tu as cherché	vous avez cherché
il cherche	ils cherchent	il a cherché	ils ont cherché
elle cherche	elles cherchent	elle a cherché	elles ont cherché
on cherche		on a cherché	

Présent 現在式		Passé composé 複合過去式	
choisir		avoir choisi	
je choisis	nous choisissons	j'ai choisi	nous avons choisi
tu choisis	vous choisissez	tu as choisi	vous avez choisi
il choisit	ils choisissent	il a choisi	ils ont choisi
elle choisit	elles choisissent	elle a choisi	elles ont choisi
on choisit		on a choisi	

Présent 現在式		Passé composé 複合過去式	
comprendre		avoir compris	
je comprends	nous comprenons	j'ai compris	nous avons compris
tu comprends	vous comprenez	tu as compris	vous avez compris
il comprend	ils comprennent	il a compris	ils ont compris
elle comprend	elles comprennent	elle a compris	elles ont compris
on comprend		on a compris	

Présent 現在式		Passé composé 複合過去式	
conduire		avoir conduit	
je conduis	nous conduisons	j'ai conduit	nous avons conduit
tu conduis	vous conduisez	tu as conduit	vous avez conduit
il conduit	ils conduisent	il a conduit	ils ont conduit
elle conduit	elles conduisent	elle a conduit	elles ont conduit
on conduit		on a conduit	

Présent 現在式		Passé composé 複合過去式	
connaître		avoir connu	
je connais	nous connaissons	j'ai connu	nous avons connu
tu connais	vous connaissez	tu as connu	vous avez connu
il connaît	ils connaissent	il a connu	ils ont connu
elle connaît	elles connaissent	elle a connu	elles ont connu
on connaît		on a connu	

Présent 現在式		Passé composé 複合過去式	
continuer		avoir continué	
je continue	nous continuons	j'ai continué	nous avons continué
tu continues	vous continuez	tu as continué	vous avez continué
il continue	ils continuent	il a continué	ils ont continué
elle continue	elles continuent	elle a continué	elles ont continué
on continue		on a continué	

Présent 現在式		Passé composé 複合過去式	
coucher		avoir couché	
je couche	nous couchons	j'ai couché	nous avons couché
tu couches	vous couchez	tu as couché	vous avez couché
il couche	ils couchent	il a couché	ils ont couché
elle couche	elles couchent	elle a couché	elles ont couché
on couche		on a couché	

Présent 現在式		Passé composé 複合過去式	
se coucher		se + être + couché(e)(s)	
je me couche	nous nous couchons	je me suis couché(e)	nous nous sommes couché(e)s
tu te couches	vous vous couchez	tu t'es couché(e)	vous vous êtes couché(e)(s)
il se couche	ils se couchent	il s'est couché	ils se sont couchés
elle se couche	elles se couchent	elle s'est couchée	elles se sont couchées
on se couche		on s'est couché	

Présent 現在式		Passé composé 複合過去式	
courir		avoir couru	
je cours	nous courons	j'ai couru	nous avons couru
tu cours	vous courez	tu as couru	vous avez couru
il court	ils courent	il a couru	ils ont couru
elle court	elles courent	elle a couru	elles ont couru
on court		on a couru	

Présent 現在式		Passé composé 複合過去式	
coûter		avoir coûté	
je coûte	nous coûtons	j'ai coûté	nous avons coûté
tu coûtes	vous coûtez	tu as coûté	vous avez coûté
il coûte	ils coûtent	il a coûté	ils ont coûté
elle coûte	elles coûtent	elle a coûté	elles ont coûté
on coûte		on a coûté	

Présent 現在式		Passé composé 複合過去式	
cuisiner		avoir cuisiné	
je cuisine	nous cuisinons	j'ai cuisiné	nous avons cuisiné
tu cuisines	vous cuisinez	tu as cuisiné	vous avez cuisiné
il cuisine	ils cuisinent	il a cuisiné	ils ont cuisiné
elle cuisine	elles cuisinent	elle a cuisiné	elles ont cuisiné
on cuisine		on a cuisiné	

Présent 現在式		Passé composé 複合過去式	
danser		avoir dansé	
je danse	nous dansons	j'ai dansé	nous avons dansé
tu danses	vous dansez	tu as dansé	vous avez dansé
il danse	ils dansent	il a dansé	ils ont dansé
elle danse	elles dansent	elle a dansé	elles ont dansé
on danse		on a dansé	

Présent 現在式		Passé composé 複合過去式	
décéder		être décédé(e)(s)	
je décède	nous décédons	je suis décédé(e)	nous sommes décédé(e)s
tu décèdes	vous décédez	tu es décédé(e)	vous êtes décédé(e)(s)
il décède	ils décèdent	il est décédé	ils sont décédés
elle décède	elles décèdent	elle est décédée	elles sont décédées
on décède		on est décédé	

Présent 現在式		Passé composé 複合過去式	
descendre		être descendu(e)(s)	
je descends	nous descendons	je suis descendu(e)	nous sommes descendu(e)s
tu descends	vous descendez	tu es descendu(e)	vous êtes descendu(e)(s)
il descend	ils descendent	il est descendu	ils sont descendus
elle descend	elles descendent	elle est descendue	elles sont descendues
on descend		on est descendu	

Présent 現在式		Passé composé 複合過去式	
dessiner		avoir dessiné	
je dessine	nous dessinons	j'ai dessiné	nous avons dessiné
tu dessines	vous dessinez	tu as dessiné	vous avez dessiné
il dessine	ils dessinent	il a dessiné	ils ont dessiné
elle dessine	elles dessinent	elle a dessiné	elles ont dessiné
on dessine		on a dessiné	

Présent 現在式		Passé composé 複合過去式	
devenir		être devenu(e)(s)	
je deviens	nous devenons	je suis devenu(e)	nous sommes devenu(e)s
tu deviens	vous devenez	tu es devenu(e)	vous êtes devenu(e)(s)
il devient	ils deviennent	il est devenu	ils sont devenus
elle devient	elles deviennent	elle est devenue	elles sont devenues
on devient		on est devenu	

Présent 現在式		Passé composé 複合過去式	
devoir		avoir dû	
je dois	nous devons	j'ai dû	nous avons dû
tu dois	vous devez	tu as dû	vous avez dû
il doit	ils doivent	il a dû	ils ont dû
elle doit	elles doivent	elle a dû	elles ont dû
on doit		on a dû	

Présent 現在式		Passé composé 複合過去式	
dire		avoir dit	
je dis	nous disons	j'ai dit	nous avons dit
tu dis	vous dites	tu as dit	vous avez dit
il dit	ils disent	il a dit	ils ont dit
elle dit	elles disent	elle a dit	elles ont dit
on dit		on a dit	

Présent 現在式		Passé composé 複合過去式	
dormir		avoir dormi	
je dors	nous dormons	j'ai dormi	nous avons dormi
tu dors	vous dormez	tu as dormi	vous avez dormi
il dort	ils dorment	il a dormi	ils ont dormi
elle dort	elles dorment	elle a dormi	elles ont dormi
on dort		on a dormi	

Présent 現在式		Passé composé 複合過去式	
doucher		avoir douché	
je douche	nous douchons	j'ai douché	nous avons douché
tu douches	vous douchez	tu as douché	vous avez douché
il douche	ils douchent	il a douché	ils ont douché
elle douche	elles douchent	elle a douché	elles ont douché
on douche		on a douché	

Présent 現在式		Passé composé 複合過去式	
se doucher		se + être + douché(e)(s)	
je me douche	nous nous douchons	je me suis douché(e)	nous nous sommes douché(e)s
tu te douches	vous vous douchez	tu t'es douché(e)	vous vous êtes douché(e)(s)
il se douche	ils se douchent	il s'est douché	ils se sont douchés
elle se douche	elles se douchent	elle s'est douchée	elles se sont douchées
on se douche		on s'est douché	

Présent 現在式		Passé composé 複合過去式	
écouter		avoir écouté	
j'écoute	nous écoutons	j'ai écouté	nous avons écouté
tu écoutes	vous écoutez	tu as écouté	vous avez écouté
il écoute	ils écoutent	il a écouté	ils ont écouté
elle écoute	elles écoutent	elle a écouté	elles ont écouté
on écoute		on a écouté	

Présent 現在式		Passé composé 複合過去式	
écrire		avoir écrit	
j'écris	nous écrivons	j'ai écrit	nous avons écrit
tu écris	vous écrivez	tu as écrit	vous avez écrit
il écrit	ils écrivent	il a écrit	ils ont écrit
elle écrit	elles écrivent	elle a écrit	elles ont écrit
on écrit		on a écrit	

Présent 現在式		Passé composé 複合過去式	
entendre		avoir entendu	
j'entends	nous entendons	j'ai entendu	nous avons entendu
tu entends	vous entendez	tu as entendu	vous avez entendu
il entend	ils entendent	il a entendu	ils ont entendu
elle entend	elles entendent	elle a entendu	elles ont entendu
on entend		on a entendu	

Présent 現在式		Passé composé 複合過去式	
entrer		être entré(e)(s)	
j'entre	nous entrons	je suis entré(e)	nous sommes entré(e)s
tu entres	vous entrez	tu es entré(e)	vous êtes entré(e)(s)
il entre	ils entrent	il est entré	ils sont entrés
elle entre	elles entrent	elle est entrée	elles sont entrées
on entre		on est entré	

Présent 現在式		Passé composé 複合過去式	
être		avoir été	
je suis	nous sommes	j'ai été	nous avons été
tu es	vous êtes	tu as été	vous avez été
il est	ils sont	il a été	ils ont été
elle est	elles sont	elle a été	elles ont été
on est		on a été	

Présent 現在式		Passé composé 複合過去式	
étudier		avoir étudié	
j'étudie	nous étudions	j'ai étudié	nous avons étudié
tu étudies	vous étudiez	tu as étudié	vous avez étudié
il étudie	ils étudient	il a étudié	ils ont étudié
elle étudie	elles étudient	elle a étudié	elles ont étudié
on étudie		on a étudié	

Présent 現在式		Passé composé 複合過去式	
faire		avoir fait	
je fais	nous faisons	j'ai fait	nous avons fait
tu fais	vous faites	tu as fait	vous avez fait
il fait	ils font	il a fait	ils ont fait
elle fait	elles font	elle a fait	elles ont fait
on fait		on a fait	

Présent 現在式		Passé composé 複合過去式	
finir		avoir fini	
je finis	nous finissons	j'ai fini	nous avons fini
tu finis	vous finissez	tu as fini	vous avez fini
il finit	ils finissent	il a fini	ils ont fini
elle finit	elles finissent	elle a fini	elles ont fini
on finit		on a fini	

Présent 現在式		Passé composé 複合過去式	
geler		avoir gelé	
je gèle	nous gelons	j'ai gelé	nous avons gelé
tu gèles	vous gelez	tu as gelé	vous avez gelé
il gèle	ils gèlent	il a gelé	ils ont gelé
elle gèle	elles gèlent	elle a gelé	elles ont gelé
on gèle		on a gelé	

Présent 現在式		Passé composé 複合過去式	
grandir		avoir grandi	
je grandis	nous grandissons	j'ai grandi	nous avons grandi
tu grandis	vous grandissez	tu as grandi	vous avez grandi
il grandit	ils grandissent	il a grandi	ils ont grandi
elle grandit	elles grandissent	elle a grandi	elles ont grandi
on grandit		on a grandi	

Présent 現在式		Passé composé 複合過去式	
grêler		avoir grêlé	
il grêle	ils grêlent	il a grêlé	ils ont grêlé

Présent 現在式		Passé composé 複合過去式	
grossir		avoir grossi	
je grossis	nous grossissons	j'ai grossi	nous avons grossi
tu grossis	vous grossissez	tu as grossi	vous avez grossi
il grossit	ils grossissent	il a grossi	ils ont grossi
elle grossit	elles grossissent	elle a grossi	elles ont grossi
on grossit		on a grossi	

Présent 現在式		Passé composé 複合過去式	
habiller		avoir habillé	
j'habille	nous habillons	j'ai habillé	nous avons habillé
tu habilles	vous habillez	tu as habillé	vous avez habillé
il habille	ils habillent	il a habillé	ils ont habillé
elle habille	elles habillent	elle a habillé	elles ont habillé
on habille		on a habillé	

Présent 現在式		Passé composé 複合過去式	
s'habiller		se + être + habillé(e)(s)	
je m'habille	nous nous habillons	je me suis habillé(e)	nous nous sommes habillé(e)s
tu t'habilles	vous vous habillez	tu t'es habillé(e)	vous vous êtes habillé(e)(s)
il s'habille	ils s'habillent	il s'est habillé	ils se sont habillés
elle s'habille	elles s'habillent	elle s'est habillée	elles se sont habillées
on s'habille		on s'est habillé	

Présent 現在式		Passé composé 複合過去式	
habiter		avoir habité	
j'habite	nous habitons	j'ai habité	nous avons habité
tu habites	vous habitez	tu as habité	vous avez habité
il habite	ils habitent	il a habité	ils ont habité
elle habite	elles habitent	elle a habité	elles ont habité
on habite		on a habité	

Présent 現在式		Passé composé 複合過去式	
jardiner		avoir jardiné	
je jardine	nous jardinons	j'ai jardiné	nous avons jardiné
tu jardines	vous jardinez	tu as jardiné	vous avez jardiné
il jardine	ils jardinent	il a jardiné	ils ont jardiné
elle jardine	elles jardinent	elle a jardiné	elles ont jardiné
on jardine		on a jardiné	

Présent 現在式		Passé composé 複合過去式	
jouer		avoir joué	
je joue	nous jouons	j'ai joué	nous avons joué
tu joues	vous jouez	tu as joué	vous avez joué
il joue	ils jouent	il a joué	ils ont joué
elle joue	elles jouent	elle a joué	elles ont joué
on joue		on a joué	

Présent 現在式		Passé composé 複合過去式	
laver		avoir lavé	
je lave	nous lavons	j'ai lavé	nous avons lavé
tu laves	vous lavez	tu as lavé	vous avez lavé
il lave	ils lavent	il a lavé	ils ont lavé
elle lave	elles lavent	elle a lavé	elles ont lavé
on lave		on a lavé	

Présent 現在式		Passé composé 複合過去式	
se laver		se + être + lavé(e)(s)	
je me lave	nous nous lavons	je me suis lavé(e)	nous nous sommes lavé(e)s
tu te laves	vous vous lavez	tu t'es lavé(e)	vous vous êtes lavé(e)(s)
il se lave	ils se lavent	il s'est lavé	ils se sont lavés
elle se lave	elles se lavent	elle s'est lavée	elles se sont lavées
on se lave		on s'est lavé	

Présent 現在式		Passé composé 複合過去式	
lever		avoir levé	
je lève	nous levons	j'ai levé	nous avons levé
tu lèves	vous levez	tu as levé	vous avez levé
il lève	ils lèvent	il a levé	ils ont levé
elle lève	elles lèvent	elle a levé	elles ont levé
on lève		on a levé	

Présent 現在式		Passé composé 複合過去式	
se lever		se + être + levé(e)(s)	
je me lève	nous nous levons	je me suis levé(e)	nous nous sommes levé(e)s
tu te lèves	vous vous levez	tu t'es levé(e)	vous vous êtes levé(e)(s)
il se lève	ils se lèvent	il s'est levé	ils se sont levés
elle se lève	elles se lèvent	elle s'est levée	elles se sont levées
on se lève		on s'est levé	

Présent 現在式		Passé composé 複合過去式	
lire		avoir lu	
je lis	nous lisons	j'ai lu	nous avons lu
tu lis	vous lisez	tu as lu	vous avez lu
il lit	ils lisent	il a lu	ils ont lu
elle lit	elles lisent	elle a lu	elles ont lu
on lit		on a lu	

Présent 現在式		Passé composé 複合過去式	
maigrir		avoir maigri	
je maigris	nous maigrissons	j'ai maigri	nous avons maigri
tu maigris	vous maigrissez	tu as maigri	vous avez maigri
il maigrit	ils maigrissent	il a maigri	ils ont maigri
elle maigrit	elles maigrissent	elle a maigri	elles ont maigri
on maigrit		on a maigri	

Présent 現在式		Passé composé 複合過去式	
manger		avoir mangé	
je mange	nous mangeons	j'ai mangé	nous avons mangé
tu manges	vous mangez	tu as mangé	vous avez mangé
il mange	ils mangent	il a mangé	ils ont mangé
elle mange	elles mangent	elle a mangé	elles ont mangé
on mange		on a mangé	

Présent 現在式		Passé composé 複合過去式	
maquiller		avoir maquillé	
je maquille	nous maquillons	j'ai maquillé	nous avons maquillé
tu maquilles	vous maquillez	tu as maquillé	vous avez maquillé
il maquille	ils maquillent	il a maquillé	ils ont maquillé
elle maquille	elles maquillent	elle a maquillé	elles ont maquillé
on maquille		on a maquillé	

Présent 現在式		Passé composé 複合過去式	
se maquiller		se + être + maquillé(e)(s)	
je me maquille	nous nous maquillons	je me suis maquillé(e)	nous nous sommes maquillé(e)s
tu te maquilles	vous vous maquillez	tu t'es maquillé(e)	vous vous êtes maquillé(e)(s)
il se maquille	ils se maquillent	il s'est maquillé	ils se sont maquillés
elle se maquille	elles se maquillent	elle s'est maquillée	elles se sont maquillées
on se maquille		on s'est maquillé	

Présent 現在式		Passé composé 複合過去式	
marcher		avoir marché	
je marche	nous marchons	j'ai marché	nous avons marché
tu marches	vous marchez	tu as marché	vous avez marché
il marche	ils marchent	il a marché	ils ont marché
elle marche	elles marchent	elle a marché	elles ont marché
on marche		on a marché	

Présent 現在式		Passé composé 複合過去式	
mettre		avoir mis	
je mets	nous mettons	j'ai mis	nous avons mis
tu mets	vous mettez	tu as mis	vous avez mis
il met	ils mettent	il a mis	ils ont mis
elle met	elles mettent	elle a mis	elles ont mis
on met		on a mis	

Présent 現在式		Passé composé 複合過去式	
mincir		avoir minci	
je mincis	nous mincissons	j'ai minci	nous avons minci
tu mincis	vous mincissez	tu as minci	vous avez minci
il mincit	ils mincissent	il a minci	ils ont minci
elle mincit	elles mincissent	elle a minci	elles ont minci
on mincit		on a minci	

Présent 現在式		Passé composé 複合過去式	
monter		être monté(e)(s)	
je monte	nous montons	je suis monté(e)	nous sommes monté(e)s
tu montes	vous montez	tu es monté(e)	vous êtes monté(e)(s)
il monte	ils montent	il est monté	ils sont montés
elle monte	elles montent	elle est montée	elles sont montées
on monte		on est monté	

Présent 現在式		Passé composé 複合過去式	
mourir		être mort(e)(s)	
je meurs	nous mourons	je suis mort(e)	nous sommes mort(e)s
tu meurs	vous mourez	tu es mort(e)	vous êtes mort(e)(s)
il meurt	ils meurent	il est mort	ils sont morts
elle meurt	elles meurent	elle est morte	elles sont mortes
on meurt		on est mort	

Présent 現在式		Passé composé 複合過去式	
nager		avoir nagé	
je nage	nous nageons	j'ai nagé	nous avons nagé
tu nages	vous nagez	tu as nagé	vous avez nagé
il nage	ils nagent	il a nagé	ils ont nagé
elle nage	elles nagent	elle a nagé	elles ont nagé
on nage		on a nagé	

Présent 現在式		Passé composé 複合過去式	
naître		être né(e)(s)	
je nais	nous naissons	je suis né(e)	nous sommes né(e)s
tu nais	vous naissez	tu es né(e)	vous êtes né(e)(s)
il naît	ils naissent	il est né	ils sont nés
elle naît	elles naissent	elle est née	elles sont nées
on naît		on est né	

Présent 現在式		Passé composé 複合過去式	
neiger		avoir neigé	
il neige		il a neigé	

Présent 現在式		Passé composé 複合過去式	
nourrir		avoir nourri	
je nourris	nous nourrissons	j'ai nourri	nous avons nourri
tu nourris	vous nourrissez	tu as nourri	vous avez nourri
il nourrit	ils nourrissent	il a nourri	ils ont nourri
elle nourrit	elles nourrissent	elle a nourri	elles ont nourri
on nourrit		on a nourri	

Présent 現在式		Passé composé 複合過去式	
offrir		avoir offert	
j'offre	nous offrons	j'ai offert	nous avons offert
tu offres	vous offrez	tu as offert	vous avez offert
il offre	ils offrent	il a offert	ils ont offert
elle offre	elles offrent	elle a offert	elles ont offert
on offre		on a offert	

Présent 現在式		Passé composé 複合過去式	
ouvrir		avoir ouvert	
j'ouvre	nous ouvrons	j'ai ouvert	nous avons ouvert
tu ouvres	vous ouvrez	tu as ouvert	vous avez ouvert
il ouvre	ils ouvrent	il a ouvert	ils ont ouvert
elle ouvre	elles ouvrent	elle a ouvert	elles ont ouvert
on ouvre		on a ouvert	

Présent 現在式		Passé composé 複合過去式	
parfumer		avoir parfumé	
je parfume	nous parfumons	j'ai parfumé	nous avons parfumé
tu parfumes	vous parfumez	tu as parfumé	vous avez parfumé
il parfume	ils parfument	il a parfumé	ils ont parfumé
elle parfume	elles parfument	elle a parfumé	elles ont parfumé
on parfume		on a parfumé	

Présent 現在式		Passé composé 複合過去式	
se parfumer		se + être + parfumé(e)(s)	
je me parfume	nous nous parfumons	je me suis parfumé(e)	nous nous sommes parfumé(e)s
tu te parfumes	vous vous parfumez	tu t'es parfumé(e)	vous vous êtes parfumé(e)(s)
il se parfume	ils se parfument	il s'est parfumé	ils se sont parfumés
elle se parfume	elles se parfument	elle s'est parfumée	elles se sont parfumées
on se parfume		on s'est parfumé	

Présent 現在式		Passé composé 複合過去式	
parler		avoir parlé	
je parle	nous parlons	j'ai parlé	nous avons parlé
tu parles	vous parlez	tu as parlé	vous avez parlé
il parle	ils parlent	il a parlé	ils ont parlé
elle parle	elles parlent	elle a parlé	elles ont parlé
on parle		on a parlé	

Présent 現在式		Passé composé 複合過去式	
partir		être parti(e)(s)	
je pars	nous partons	je suis parti(e)	nous sommes parti(e)s
tu pars	vous partez	tu es parti(e)	vous êtes parti(e)(s)
il part	ils partent	il est parti	ils sont partis
elle part	elles partent	elle est partie	elles sont parties
on part		on est parti	

Présent 現在式		Passé composé 複合過去式	
parvenir		être parvenu(e)(s)	
je parviens	nous parvenons	je suis parvenu(e)	nous sommes parvenu(e)s
tu parviens	vous parvenez	tu es parvenu(e)	vous êtes parvenu(e)(s)
il parvient	ils parviennent	il est parvenu	ils sont parvenus
elle parvient	elles parviennent	elle est parvenue	elles sont parvenues
on parvient		on est parvenu	

Présent 現在式		Passé composé 複合過去式	
passer		avoir passé	
je passe	nous passons	j'ai passé	nous avons passé
tu passes	vous passez	tu as passé	vous avez passé
il passe	ils passent	il a passé	ils ont passé
elle passe	elles passent	elle a passé	elles ont passé
on passe		on a passé	
		être passé(e)(s)	
		je suis passé(e)	nous sommes passé(e)s
		tu es passé(e)	vous êtes passé(e)(s)
		il est passé	ils sont passés
		elle est passée	elles sont passées
		on est passé	

Présent 現在式		Passé composé 複合過去式	
payer		avoir payé	
je paie	nous payons	j'ai payé	nous avons payé
tu paies	vous payez	tu as payé	vous avez payé
il paie	ils paient	il a payé	ils ont payé
elle paie	elles paient	elle a payé	elles ont payé
on paie		on a payé	

Présent 現在式		Passé composé 複合過去式	
penser		avoir pensé	
je pense	nous pensons	j'ai pensé	nous avons pensé
tu penses	vous pensez	tu as pensé	vous avez pensé
il pense	ils pensent	il a pensé	ils ont pensé
elle pense	elles pensent	elle a pensé	elles ont pensé
on pense		on a pensé	

Présent 現在式		Passé composé 複合過去式	
perdre		avoir perdu	
je perds	nous perdons	j'ai perdu	nous avons perdu
tu perds	vous perdez	tu as perdu	vous avez perdu
il perd	ils perdent	il a perdu	ils ont perdu
elle perd	elles perdent	elle a perdu	elles ont perdu
on perd		on a perdu	

Présent 現在式		Passé composé 複合過去式	
plaire		avoir plu	
je plais	nous plaisons	j'ai plu	nous avons plu
tu plais	vous plaisez	tu as plu	vous avez plu
il plaît	ils plaisent	il a plu	ils ont plu
elle plaît	elles plaisent	elle a plu	elles ont plu
on plaît		on a plu	

Présent 現在式		Passé composé 複合過去式	
planter		avoir planté	
je plante	nous plantons	j'ai planté	nous avons planté
tu plantes	vous plantez	tu as planté	vous avez planté
il plante	ils plantent	il a planté	ils ont planté
elle plante	elles plantent	elle a planté	elles ont planté
on plante		on a planté	

Présent 現在式		Passé composé 複合過去式	
pleuvoir		avoir plu	
il pleut		il a plu	

Présent 現在式		Passé composé 複合過去式	
porter		avoir porté	
je porte	nous portons	j'ai porté	nous avons porté
tu portes	vous portez	tu as porté	vous avez porté
il porte	ils portent	il a porté	ils ont porté
elle porte	elles portent	elle a porté	elles ont porté
on porte		on a porté	

Présent 現在式		Passé composé 複合過去式	
pouvoir		avoir pu	
je peux	nous pouvons	j'ai pu	nous avons pu
tu peux	vous pouvez	tu as pu	vous avez pu
il peut	ils peuvent	il a pu	ils ont pu
elle peut	elles peuvent	elle a pu	elles ont pu
on peut		on a pu	

Présent 現在式		Passé composé 複合過去式	
préférer		avoir préféré	
je préfère	nous préférons	j'ai préféré	nous avons préféré
tu préfères	vous préférez	tu as préféré	vous avez préféré
il préfère	ils préfèrent	il a préféré	ils ont préféré
elle préfère	elles préfèrent	elle a préféré	elles ont préféré
on préfère		on a préféré	

Présent 現在式		Passé composé 複合過去式	
prendre		avoir pris	
je prends	nous prenons	j'ai pris	nous avons pris
tu prends	vous prenez	tu as pris	vous avez pris
il prend	ils prennent	il a pris	ils ont pris
elle prend	elles prennent	elle a pris	elles ont pris
on prend		on a pris	

Présent 現在式		Passé composé 複合過去式	
promener		avoir promené	
je promène	nous promenons	j'ai promené	nous avons promené
tu promènes	vous promenez	tu as promené	vous avez promené
il promène	ils promènent	il a promené	ils ont promené
elle promène	elles promènent	elle a promené	elles ont promené
on promène		on a promené	

Présent 現在式		Passé composé 複合過去式	
se promener		se + être + promené(e)(s)	
je me promène	nous nous promenons	je me suis promené(e)	nous nous sommes promené(e)s
tu te promènes	vous vous promenez	tu t'es promené(e)	vous vous êtes promené(e)(s)
il se promène	ils se promènent	il s'est promené	ils se sont promenés
elle se promène	elles se promènent	elle s'est promenée	elles se sont promenées
on se promène		on s'est promené	

Présent 現在式		Passé composé 複合過去式	
rajeunir		avoir rajeuni	
je rajeunis	nous rajeunissons	j'ai rajeuni	nous avons rajeuni
tu rajeunis	vous rajeunissez	tu as rajeuni	vous avez rajeuni
il rajeunit	ils rajeunissent	il a rajeuni	ils ont rajeuni
elle rajeunit	elles rajeunissent	elle a rajeuni	elles ont rajeuni
on rajeunit		on a rajeuni	

Présent 現在式		Passé composé 複合過去式	
raser		avoir rasé	
je rase	nous rasons	j'ai rasé	nous avons rasé
tu rases	vous rasez	tu as rasé	vous avez rasé
il rase	ils rasent	il a rasé	ils ont rasé
elle rase	elles rasent	elle a rasé	elles ont rasé
on rase		on a rasé	

Présent 現在式		Passé composé 複合過去式	
se raser		se + être + rasé(e)(s)	
je me rase	nous nous rasons	je me suis rasé(e)	nous nous sommes rasé(e)s
tu te rases	vous vous rasez	tu t'es rasé(e)	vous vous êtes rasé(e)(s)
il se rase	ils se rasent	il s'est rasé	ils se sont rasés
elle se rase	elles se rasent	elle s'est rasée	elles se sont rasées
on se rase		on s'est rasé	

Présent 現在式		Passé composé 複合過去式	
recevoir		avoir reçu	
je reçois	nous recevons	j'ai reçu	nous avons reçu
tu reçois	vous recevez	tu as reçu	vous avez reçu
il reçoit	ils reçoivent	il a reçu	ils ont reçu
elle reçoit	elles reçoivent	elle a reçu	elles ont reçu
on reçoit		on a reçu	

Présent 現在式		Passé composé 複合過去式	
regarder		avoir regardé	
je regarde	nous regardons	j'ai regardé	nous avons regardé
tu regardes	vous regardez	tu as regardé	vous avez regardé
il regarde	ils regardent	il a regardé	ils ont regardé
elle regarde	elles regardent	elle a regardé	elles ont regardé
on regarde		on a regardé	

Présent 現在式		Passé composé 複合過去式	
remonter		être monté(e)(s)	
je remonte	nous remontons	je suis remonté(e)	nous sommes remonté(e)s
tu remontes	vous remontez	tu es remonté(e)	vous êtes remonté(e)(s)
il remonte	ils remontent	il est remonté	ils sont remontés
elle remonte	elles remontent	elle est remontée	elles sont remontées
on remonte		on est remonté	

Présent 現在式		Passé composé 複合過去式	
rentrer		être rentré(e)(s)	
je rentre	nous rentrons	je suis rentré(e)	nous sommes rentré(e)s
tu rentres	vous rentrez	tu es rentré(e)	vous êtes rentré(e)(s)
il rentre	ils rentrent	il est rentré	ils sont rentrés
elle rentre	elles rentrent	elle est rentrée	elles sont rentrées
on rentre		on est rentré	

Présent 現在式		Passé composé 複合過去式	
répondre		avoir répondu	
je réponds	nous répondons	j'ai répondu	nous avons répondu
tu réponds	vous répondez	tu as répondu	vous avez répondu
il répond	ils répondent	il a répondu	ils ont répondu
elle répond	elles répondent	elle a répondu	elles ont répondu
on répond		on a répondu	

Présent 現在式		Passé composé 複合過去式	
reposer		avoir reposé	
je repose	nous reposons	j'ai reposé	nous avons reposé
tu reposes	vous reposez	tu as reposé	vous avez reposé
il repose	ils reposent	il a reposé	ils ont reposé
elle repose	elles reposent	elle a reposé	elles ont reposé
on repose		on a reposé	

Présent 現在式		Passé composé 複合過去式	
se reposer		se + être + reposé(e)(s)	
je me repose	nous nous reposons	je me suis reposé(e)	nous nous sommes reposé(e)s
tu te reposes	vous vous reposez	tu t'es reposé(e)	vous vous êtes reposé(e)(s)
il se repose	ils se reposent	il s'est reposé	ils se sont reposés
elle se repose	elles se reposent	elle s'est reposée	elles se sont reposées
on se repose		on s'est reposé	

Présent 現在式		Passé composé 複合過去式	
rester		être resté(e)(s)	
je reste	nous restons	je suis resté(e)	nous sommes resté(e)s
tu restes	vous restez	tu es resté(e)	vous êtes resté(e)(s)
il reste	ils restent	il est resté	ils sont restés
elle reste	elles restent	elle est restée	elles sont restées
on reste		on est resté	

Présent 現在式		Passé composé 複合過去式	
retourner		avoir retourné	
je retourne	nous retournons	j'ai retourné	nous avons retourné
tu retournes	vous retournez	tu as retourné	vous avez retourné
il retourne	ils retournent	il a retourné	ils ont retourné
elle retourne	elles retournent	elle a retourné	elles ont retourné
on retourne		on a retourné	

Présent 現在式		Passé composé 複合過去式	
retrouver		avoir retrouvé	
je retrouve	nous retrouvons	j'ai retrouvé	nous avons retrouvé
tu retrouves	vous retrouvez	tu as retrouvé	vous avez retrouvé
il retrouve	ils retrouvent	il a retrouvé	ils ont retrouvé
elle retrouve	elles retrouvent	elle a retrouvé	elles ont retrouvé
on retrouve		on a retrouvé	

Présent 現在式		Passé composé 複合過去式	
réussir		avoir réussi	
je réussis	nous réussissons	j'ai réussi	nous avons réussi
tu réussis	vous réussissez	tu as réussi	vous avez réussi
il réussit	ils réussissent	il a réussi	ils ont réussi
elle réussit	elles réussissent	elle a réussi	elles ont réussi
on réussit		on a réussi	

Présent 現在式		Passé composé 複合過去式	
réveiller		avoir réveillé	
je réveille	nous réveillons	j'ai réveillé	nous avons réveillé
tu réveilles	vous réveillez	tu as réveillé	vous avez réveillé
il réveille	ils réveillent	il a réveillé	ils ont réveillé
elle réveille	elles réveillent	elle a réveillé	elles ont réveillé
on réveille		on a réveillé	

Présent 現在式		Passé composé 複合過去式	
se réveiller		se + être + réveillé(e)(s)	
je me réveille	nous nous réveillons	je me suis réveillé(e)	nous nous sommes réveillé(e)s
tu te réveilles	vous vous réveillez	tu t'es réveillé(e)	vous vous êtes réveillé(e)(s)
il se réveille	ils se réveillent	il s'est réveillé	ils se sont réveillés
elle se réveille	elles se réveillent	elle s'est réveillée	elles se sont réveillées
on se réveille		on s'est réveillé	

Présent 現在式		Passé composé 複合過去式	
revenir		être revenu(e)(s)	
je reviens	nous revenons	je suis revenu(e)	nous sommes revenu(e)s
tu reviens	vous revenez	tu es revenu(e)	vous êtes revenu(e)(s)
il revient	ils reviennent	il est revenu	ils sont revenus
elle revient	elles reviennent	elle est revenue	elles sont revenues
on revient		on est revenu	

Présent 現在式		Passé composé 複合過去式	
rire		avoir ri	
je ris	nous rions	j'ai ri	nous avons ri
tu ris	vous riez	tu as ri	vous avez ri
il rit	ils rient	il a ri	ils ont ri
elle rit	elles rient	elle a ri	elles ont ri
on rit		on a ri	

Présent 現在式		Passé composé 複合過去式	
s'appeler		se + être + appelé(e)(s)	
je m'appelle	nous nous appelons	je me suis appelé(e)	nous nous sommes appelé(e)s
tu t'appelles	vous vous appelez	tu t'es appelé(e)	vous vous êtes appelé(e)(s)
il s'appelle	ils s'appellent	il s'est appelé	ils se sont appelés
elle s'appelle	elles s'appellent	elle s'est appelée	elles se sont appelées
on s'appelle		on s'est appelé	

Présent 現在式		Passé composé 複合過去式	
s'habituer		se + être + habitué	
je m'habitue	nous nous habituons	je me suis habitué(e)	nous nous sommes habitué(e)s
tu t'habitues	vous vous habituez	tu t'es habitué(e)	vous vous êtes habitué(e)(s)
il s'habitue	ils s'habituent	il s'est habitué	ils se sont habitués
elle s'habitue	elles s'habituent	elle s'est habituée	elles se sont habituées
on s'habitue		on s'est habitué	

Présent 現在式		Passé composé 複合過去式	
savoir		avoir su	
je sais	nous savons	j'ai su	nous avons su
tu sais	vous savez	tu as su	vous avez su
il sait	ils savent	il a su	ils ont su
elle sait	elles savent	elle a su	elles ont su
on sait		on a su	

Présent 現在式		Passé composé 複合過去式	
séduire		avoir séduit	
je séduis	nous séduisons	j'ai séduit	nous avons séduit
tu séduis	vous séduisez	tu as séduit	vous avez séduit
il séduit	ils séduisent	il a séduit	ils ont séduit
elle séduit	elles séduisent	elle a séduit	elles ont séduit
on séduit		on a séduit	

Présent 現在式		Passé composé 複合過去式	
sortir		être sorti(e)(s)	
je sors	nous sortons	je suis sorti(e)	nous sommes sorti(e)s
tu sors	vous sortez	tu es sorti(e)	vous êtes sorti(e)(s)
il sort	ils sortent	il est sorti	ils sont sortis
elle sort	elles sortent	elle est sortie	elles sont sorties
on sort		on est sorti	

Présent 現在式		Passé composé 複合過去式	
souffrir		avoir souffert	
je souffre	nous souffrons	j'ai souffert	nous avons souffert
tu souffres	vous souffrez	tu as souffert	vous avez souffert
il souffre	ils souffrent	il a souffert	ils ont souffert
elle souffre	elles souffrent	elle a souffert	elles ont souffert
on souffre		on a souffert	

Présent 現在式		Passé composé 複合過去式	
sourire		avoir souri	
je souris	nous sourions	j'ai souri	nous avons souri
tu souris	vous souriez	tu as souri	vous avez souri
il sourit	ils sourient	il a souri	ils ont souri
elle sourit	elles sourient	elle a souri	elles ont souri
on sourit		on a souri	

Présent 現在式		Passé composé 複合過去式	
téléphoner		avoir téléphoné	
je téléphone	nous téléphonons	j'ai téléphoné	nous avons téléphoné
tu téléphones	vous téléphonez	tu as téléphoné	vous avez téléphoné
il téléphone	ils téléphonent	il a téléphoné	ils ont téléphoné
elle téléphone	elles téléphonent	elle a téléphoné	elles ont téléphoné
on téléphone		on a téléphoné	

Présent 現在式		Passé composé 複合過去式	
tomber		être tombé(e)(s)	
je tombe	nous tombons	je suis tombé(e)	nous sommes tombé(e)s
tu tombes	vous tombez	tu es tombé(e)	vous êtes tombé(e)(s)
il tombe	ils tombent	il est tombé	ils sont tombés
elle tombe	elles tombent	elle est tombée	elles sont tombées
on tombe		on est tombé	

Présent 現在式		Passé composé 複合過去式	
tourner		avoir tourné	
je tourne	nous tournons	j'ai tourné	nous avons tourné
tu tournes	vous tournez	tu as tourné	vous avez tourné
il tourne	ils tournent	il a tourné	ils ont tourné
elle tourne	elles tournent	elle a tourné	elles ont tourné
on tourne		on a tourné	

Présent 現在式		Passé composé 複合過去式	
traduire		avoir traduit	
je traduis	nous traduisons	j'ai traduit	nous avons traduit
tu traduis	vous traduisez	tu as traduit	vous avez traduit
il traduit	ils traduisent	il a traduit	ils ont traduit
elle traduit	elles traduisent	elle a traduit	elles ont traduit
on traduit		on a traduit	

Présent 現在式		Passé composé 複合過去式	
travailler		avoir travaillé	
je travaille	nous travaillons	j'ai travaillé	nous avons travaillé
tu travailles	vous travaillez	tu as travaillé	vous avez travaillé
il travaille	ils travaillent	il a travaillé	ils ont travaillé
elle travaille	elles travaillent	elle a travaillé	elles ont travaillé
on travaille		on a travaillé	

Présent 現在式		Passé composé 複合過去式	
trouver		avoir trouvé	
je trouve	nous trouvons	j'ai trouvé	nous avons trouvé
tu trouves	vous trouvez	tu as trouvé	vous avez trouvé
il trouve	ils trouvent	il a trouvé	ils ont trouvé
elle trouve	elles trouvent	elle a trouvé	elles ont trouvé
on trouve		on a trouvé	

Présent 現在式		Passé composé 複合過去式	
venir		être venu(e)(s)	
je viens	nous venons	je suis venu(e)	nous sommes venu(e)s
tu viens	vous venez	tu es venu(e)	vous êtes venu(e)(s)
il vient	ils viennent	il est venu	ils sont venus
elle vient	elles viennent	elle est venue	elles sont venues
on vient		on est venu	

Présent 現在式		Passé composé 複合過去式	
vieillir		avoir vieilli	
je vieillis	nous vieillissons	j'ai vieilli	nous avons vieilli
tu vieillis	vous vieillissez	tu as vieilli	vous avez vieilli
il vieillit	ils vieillissent	il a vieilli	ils ont vieilli
elle vieillit	elles vieillissent	elle a vieilli	elles ont vieilli
on vieillit		on a vieilli	

Présent 現在式		Passé composé 複合過去式	
visiter		avoir visité	
je visite	nous visitons	j'ai visité	nous avons visité
tu visites	vous visitez	tu as visité	vous avez visité
il visite	ils visitent	il a visité	ils ont visité
elle visite	elles visitent	elle a visité	elles ont visité
on visite		on a visité	

Présent 現在式		Passé composé 複合過去式	
voir		avoir vu	
je vois	nous voyons	j'ai vu	nous avons vu
tu vois	vous voyez	tu as vu	vous avez vu
il voit	ils voient	il a vu	ils ont vu
elle voit	elles voient	elle a vu	elles ont vu
on voit		on a vu	

Présent 現在式		Passé composé 複合過去式	
se voir		se + être + vu(e)(s)	
je me vois	nous nous voyons	je me suis vu(e)	nous nous sommes vu(e)s
tu te vois	vous vous voyez	tu t'es vu(e)	vous vous êtes vu(e)(s)
il se voit	ils se voient	il s'est vu	ils se sont vus
elle se voit	elles se voient	elle s'est vue	elles se sont vues
on se voit		on s'est vu	

Présent 現在式		Passé composé 複合過去式	
vouloir		avoir voulu	
je veux	nous voulons	j'ai voulu	nous avons voulu
tu veux	vous voulez	tu as voulu	vous avez voulu
il veut	ils veulent	il a voulu	ils ont voulu
elle veut	elles veulent	elle a voulu	elles ont voulu
on veut		on a voulu	

Présent 現在式		Passé composé 複合過去式	
voyager		avoir voyagé	
je voyage	nous voyageons	j'ai voyagé	nous avons voyagé
tu voyages	vous voyagez	tu as voyagé	vous avez voyagé
il voyage	ils voyagent	il a voyagé	ils ont voyagé
elle voyage	elles voyagent	elle a voyagé	elles ont voyagé
on voyage		on a voyagé	

Notes

外語學習系列 123

法語好好學 II
Méthode FLE ILFBC-ESBC France Tome II

編著者｜法國中央區布爾日天主教綜合教育學院（ESBC）、
　　　　蔣若蘭（Isabelle MEURIOT-CHIANG）、
　　　　陳玉花（Emmanuelle CHEN）
責任編輯｜潘治婷、王愿琦
特約編輯｜陳媛
校對｜蔣若蘭、陳玉花、Blandine VOISIN、陳媛、潘治婷、
　　　王愿琦

法語錄音｜Céline BEAULIEU-CAMUS
　　　　　Olivier MEURIOT
封面繪圖｜蔣若蘭（Isabelle MEURIOT-CHIANG）
封面設計、版型設計｜格瓦尤、陳如琪
內文排版｜陳如琪

瑞蘭國際出版
董事長｜張暖彗・社長兼總編輯｜王愿琦
編輯部
副總編輯｜葉仲芸・主編｜潘治婷
設計部主任｜陳如琪
業務部
經理｜楊米琪・主任｜林湲洵・組長｜張毓庭

出版社｜瑞蘭國際有限公司
地址｜台北市大安區安和路一段104號7樓之一
電話｜(02)2700-4625・傳真｜(02)2700-4622
訂購專線｜(02)2700-4625
劃撥帳號｜19914152 瑞蘭國際有限公司
瑞蘭國際網路書城｜www.genki-japan.com.tw

法律顧問｜海灣國際法律事務所　呂錦峯律師

總經銷｜聯合發行股份有限公司
電話｜(02)2917-8022、2917-8042
傳真｜(02)2915-6275、2915-7212
印刷｜科億印刷股份有限公司
出版日期｜2023年09月初版1刷・定價｜480元
ISBN｜978-626-7274-36-1

國家圖書館出版品預行編目資料

法語好好學 II Méthode FLE ILFBC-ESBC France Tome II /
布爾日天主教綜合教育學院（ESBC）、
蔣若蘭（Isabelle MEURIOT-CHIANG）、
陳玉花（Emmanuelle CHEN）編著
-- 初版 -- 臺北市：瑞蘭國際, 2023.09
176 面；19×26 公分 --（外語學習系列；123）
ISBN：978-626-7274-36-1（平裝）
1. CST：法語 2. CST：讀本

804.58　　　　　　　　　　　112009476